にじゅうよんのひとみ

吉田恵里香

ハーパー
BOOKS+

にじゅうよんのひとみ

00:00

おめでとう、ひとみ

今日に限って、丸山《まるやま》くんの帰りは遅かった。

玄関で靴を脱いでいる彼の背は、汗と疲労で滲《にじ》んでいる。普段なら七時には風呂を済ませて家でまったりしている人なのだ。帰りが十一時を過ぎるのは稀《まれ》である。年に一度か二度しかない残業が、今日行われたらしい。

夕飯のおかずたちは、すっかり冷めてしまった。夏の空気に馴染《なじ》んで、どこかだらんとしている。スーパーの総菜に頼らずに珍しく全部手作りしたのに。つくづく思う、私って本当に運がない。

「朝、食べるからね」

彼は子供をなだめるように言う。

私が怒っているると思っているようだ。

どこか申し訳なさそうに、丸山くんは台所に置かれた皿を次々とラップで包み、冷蔵庫にしまっていく。

大葉とチーズを挟んだチキンカツ、ポテトサラダ、トマトのオムレツ、ほうれん草とお揚げのお味噌汁《みそしる》。どれも彼の好物ばかりである。

外で食べてくるなら早く言ってよね。喜んでほしくて一生懸命作ったんだよ。なんて恩着せがましいことは口が裂けても言わない。彼が連絡を忘れるのはよくあることである。それに今日は、というか、この一時間は無駄な喧嘩《けんか》は避けたかった。冷蔵庫の扉を閉めた彼は、シンクの前に立ち、顔を洗い始める。鍋底をタワシで擦《こす》るように力強く豪快な洗い方だ。口元を擦るたびに、ちょっと伸びた髭《ひげ》が、じょりっと音を立てる。彼の髭は年と共に濃くなっている。昔は二、三日剃《そ》らなくても平気だったのに。布団の上で胡坐《あぐら》を組み直しながら、ふとそんなことを思う。

丸山くんと、このアパートに住み始めて四年と少しになる。

もともと一人で住むために借りた部屋だ。二人で住むにはやや狭いが、角部屋だし日当たりも良いので気に入っている。

私と彼の靴を並べたら埋まってしまう玄関。そして玄関から六畳の和室を繋《つな》ぐ短い廊下にはユニットバスと洗濯機、冷蔵庫。ガスコンロが二つある台所が並ぶ。

ただでさえ狭いのだから極力、物を置かないようにしよう。そう決めた約束はあっさりと反故《ほご》にされて、壁伝いに漫画や洋服、丸山くんの『本業』の作業道具が積み上げられ、それらの隙間に私のドライヤーやムートンブーツが突っ込まれている。

着ていたチェックのシャツで顔を拭い、彼はそのまま服を脱いだ。丸めて放られた靴下は畳を転がり、壁に立てかけられた姿見にぶつかる。丸山くんはタンクトップと赤いボクサーパンツ姿になった。タンクトップの端っこには穴が開いている。教えてあげようかと思ったが、面倒なので黙っておいた。言ったところで穴が塞《ふさ》がるわけでもないし。そんなことを考える私の隣に丸山くんは腰をおろした。

「お風呂溜《た》めといたよ」

言葉を遮《さえぎ》るように、彼は私の肩を静かに押した。私はドミノか、と脳内でツッコミながらバタンと布団に倒れる。

丸山くんは冬眠明けの熊のように、のっそりと、当然のように私に覆いかぶさってきた。押し付けられた胸板を嗅ぐ。

汗と古びた家具の匂いがする。

タンクトップに手を入れて、盛り上がった筋肉を指でつつと撫《な》でた。丸山くんがくすぐったそうに身をよじる。

『副業』としてリサイクル会社で働き始めてから、彼はどんどんとたくましくなった。男らしくなった。あばら骨が浮いていた中学時代とは別人のようだ。

丸山くんは昔から目は大きいのに瞼《まぶた》が厚く、いつもトロンと眠そうな表情をしている。彼の顔を眺めるたびに、あぁやっぱり好きな顔だなと思う。多分、私は丸山くんの顔が世界で一番好きなのだ。

昔から変わらない彼の顔と、すっかり変わってしまった体。どうしてもチグハグに思えて仕方がない。アメコミヒーローにキューピー人形の首を挿《す》げ替《か》えたような違和感を覚えて、いつまで経《た》っても慣れなかった。

風呂に入る気がなさそうなので「電気、電気」と、頭上の蛍光灯を指さす。

だが彼は訴えを無視して、首筋に唇を這《は》わせながら私のルームウェアをめくり上げた。天井からぶらさがる紐《ひも》に手を伸ばしてみるが、指先をかするだけで摑《つか》むことはできない。

電気を消してほしいと言ったのは、別に恥じらっているわけではない。長い付き合いだ。今更、何を見せても恥ずかしくはない。

このタイミングで蛍光灯の寿命がきたらしく、チカチカと点滅し出して見苦しいからである。

彼を押しのけて電気を消すことはできるけれど、さっき言ったように、今日は無駄な喧嘩は避けたい。私は抵抗するのをやめて、静かに目をつぶった。

丸山くんが私の左手を舐《な》める。

親指の付け根に小さな火傷跡があるのだ。二歳になったばかりの頃、父さんの煙草《たばこ》に触れてしまいできたものである。父さんが煙草を断つきっかけとなった傷だ。その傷跡を彼はいつも舐める。

週に二、三度のペースで行われる性行為。

キスに愛撫《あいぶ》、彼が押入れからコンドームを取り出す仕草。何もかも完全にルーティーン化されて色気もへったくれもない。愛情表現ではなく日常に組み込まれた、言わばルーティーンSEXだ。

別にそれに不満があるわけじゃない。自分で言うのもなんだが、それなりに幸せだと思う。ただ気が緩むと『なんだかなぁ』という気持ちが湧き上がるだけ。

その感情に名前をつけるのは怖い。だから避けている。

「いい？」と尋ねられた時には、彼はすでに私の中にいた。

それと同時に後頭部に鈍い痛みが走る。

さっき電気を消そうと身をよじったせいで、布団から頭が落ちてしまったらしい。動きに合わせてゴツンゴツンと畳に頭がぶつかった。たまらず丸山くんにしがみつく。

その背中は熱く汗ばんでいた。

啜《すす》り泣くような擦《かす》れた声を聞きながら、まだ彼は私との行為に、いや、私自身に飽きていないのだなと、ほっとしている自分がいる。

とどめの一撃とでも言わんばかりに畳に頭を打ちつけられた。

力尽きた丸山くんの全体重が、私に圧《お》しかかる。

「お風呂、入って寝たら？」

汗まみれの彼に提案するも返事はなく、代わりに高イビキが返ってきた。

一度眠ってしまうと、何が起きようと朝まで目を覚まさない。私の恋人は驚くべき睡眠能力の持ち主なのだ。

このまま丸山くんの下敷きになっているわけにもいかないので、力いっぱい彼を押しのける。布団の外へ抜け出そうとしていると壁に立てかけられた姿見が目に入った。

鏡の中にある時計は十二時を指し示している。

七月十四日が始まったのだ。

姿見に映る自分に私は喋《しゃべ》りかけた。

「お誕生日おめでとう、ひとみ」

たった今、私は二十四歳になった。

七月十四日は、私の誕生日である。

丸山くんとの喧嘩を避けたのも、面倒な料理を頑張ったのも、今日のためだ。

私はほんの少し期待していたのである。今年こそは丸山くんが私の誕生日を覚えていてくれるかもしれないと。

昔から彼はお祝いや記念日に無頓着な人間なのだ。こちらから切り出さなければ私の誕生日に気づくのは数日後だろう。駅前のコージーコーナーでケーキを買って、申し訳なさそうに家に帰ってくるのだ。そんな彼の姿が容易に想像できる。そして私は『なんだかなぁ』と思いつつ、馬鹿みたいに喜んでみせるのだ。

話を簡潔にまとめよう。私は彼に誕生日を祝ってほしいし、欲情してほしい。結局のところ、丸山くんが好きなのである。

姿見に喋りかけたことを、私は早くも後悔していた。最初に誕生日を祝ってくれたのが自分だなんて。虚《むな》しすぎるじゃないか。姿見から目をそらして、私は欠伸《あくび》をする。まどろみに身を任せて眠ってしまいたい。二度目の欠伸をしながら、なめくじのように布団から這い出す。三十分後にはバイトに出かけなければならない。

丸山くんが脱ぎ散らかしたシャツや靴下を拾いながら歩く。布団から六歩進めば、ユニットバスに到着である。

浴室の扉に対峙《たいじ》するように置かれた洗濯機に手を伸ばす。蓋を開けると、洗濯物がぎっしり詰まっていた。丸山くんが洗濯をサボったのである。ルームウェアや下着を脱いで、拾った服と共に洗濯機に突っ込む。脱衣所なんてものは我が家にはない。

浴室の扉を開ける。

狭い室内に足を伸ばせない浴槽と、使いづらい洗面台、トイレが詰め込まれている。換気扇を回し続けていても空気はじっとりとしてカビ臭い。

先ほど溜めておいた湯船に、ゆっくりと体を浸す。お湯はすっかりぬるくなっている。熱いお湯を足しながら、私は足先を眺めた。どの指も赤いペディキュアが剝げて、みすぼらしい。ボブが伸びて中途半端になった毛先が水面で揺れる。黒く染めたばかりなのに、もう色が抜けかかっていた。三度目の欠伸をしたあと、私は湯の中に潜り、そのまま十秒数える。子供の時からの習慣だ。鼻から吐き出した空気が小さな玉になる。玉たちが連なりのぼっていくのを見るのが好きなのだ。

十まで数えて立ち上がる。

顔を拭い、風呂の栓を抜きながらシャワーの蛇口をひねった。温度を調節しながら、蒸気で曇った鏡を手で擦る。

そこに映るのは、目つきが悪く、唇をへの字に曲げた裸の女だ。

体を洗い、濡《ぬ》れた髪をかき上げると、右耳に三つ、左耳に五つのピアスが露わになる。シャンプーを髪につけて思い切り泡立てながら思う。

二十四歳って、もっと大人だと思っていた。中身も外見も、大人とは程遠い。いつになったら、まともな大人に成長できるのだろうか。もう何年も前から同じ場所で足踏みをしている気がする。

時々、想像する。

私の背中にはゴムがくっついているんじゃないだろうかと。

それは、とても強力なゴムだ。ゴムの先は私が立つ地面へと繋がっている。大人になるのを邪魔しているのだ。前に進むたび、背中のゴムはビヨーンと伸びる。そして、つまずいた瞬間。勢いよく縮まって元いた場所に、私を引き戻すのだ。ジタバタと足搔《が》いても結局同じところに戻ってしまう。次第に前に進むことが時間の無駄に思えてくる。だから前に進むことすらやめてしまう。こうして全く成長しない現状維持の私が出来上がるのだ。

きっと来年も再来年も、こうやって足踏みをして、成長のない自分や存在しない透明のゴムを憎たらしく思うのだろう。

シャンプーとリンスを終えてタオルで髪をまとめようとしたその時である。

あんぎゃあ　あんぎゃあ。

シャワーに交じって、おかしな音が耳を貫いた。空耳かと思ったが、違う。あんぎゃあ、あんぎゃあと、たしかに赤ん坊の泣き声がする。最初は隣の部屋から聞こえているのだと思った。でも、それにしては声が大きすぎる。訝《いぶか》しみながらシャワーを止めると、さらに声は大きくなった。いや、まさか。頭に浮かんだ答えを否定しながら、私は浴室の扉を開ける。特大のあんぎゃあ、あんぎゃあは、洗濯機から聞こえてくる。いや、ないないない。そんなまさか。頭に浮かぶ答えを何度も打ち消しながら恐る恐る洗濯機を覗き込む。

「んなっ」

今まで出したことがない声を漏らしながら、私はのけぞり、その場で尻もちをついた。

満々に押し込められた洗濯物の上に、まんまるに太った赤ん坊がいる。

状況がうまく飲み込めない。這いつくばって浴室へと戻ると、何度か深呼吸をした。さっき頭を打ちつけられすぎて幻覚を見たのかもしれない。もしくは、いつの間にか風呂で寝てしまって夢の中にいるとか。

どちらにせよ、きちんと確認しなくてはならない。覚悟を決めて再び外に出る。

ピンク色の暖かそうなロンパースに身を包んだ赤ん坊は、洗濯物の上でジタバタと足を動かしていた。私のことを確認すると、さらに力強く泣き叫び始める。

なんで赤ん坊が、洗濯機の中に?

頭の中を埋め尽くす『なんで?』を振り払いながら丸山くんの名前を呼ぶ。しかし和室から聞こえるのはガァーガァーというイビキだけだ。この泣き声の中、眠っていられる彼を逆に尊敬する。

部屋の中で、あんぎゃあとガァーガァーが入り混じっている。

くしゅんとクシャミをすると、頭のタオルが外れて、髪の毛から水滴が滴り落ちた。全裸であることを思い出した私は、床に散らばる服を適当に見繕う。部屋干ししている洗濯物から下着たちをもぎ取る。少し湿っていたが、そのうち乾くだろう。気に入っているとかではなく、単純に着すぎて首元がよれよれになったTシャツ(ファンシーなパンダがど根性ガエルスタイルでプリントされている)と薄黄色のデニムのショートパンツ（古着屋で三百円）を着て、私は洗濯機と向かい合った。

いつまでも赤ん坊をこのままにしておくわけにはいかない。仕方なく桃色の塊《かたまり》を抱き上げる。甘ったるく乳臭い。赤ん坊は泣くのをやめ、私の濡れた髪の毛を摑み、きゃっきゃと声をあげた。

部屋の時計は十二時三十八分。

バイトの時間は刻一刻と迫っている。深夜バイトのドタキャンはご法度だ。丸山くんは起きる気配はないし、起きたところで役には立たないだろう。

残された方法はひとつ。

私はバスタオルで赤ん坊を包み抱きかかえる。赤ん坊の体は熱い。巨大なホッカイロを持っているようだ。風呂に入ったばかりなのに汗が額《ひたい》に滲む。化粧も髪をとかすことも諦めた。リュックを背負うと、私は赤ん坊と共に外へと飛び出した。

案の定、橋詰《はしづめ》さんはカンカンだった。

橋詰さんは遅刻を心の底から嫌う男だ。十五分前行動が彼の基本である。私がした二十分の遅刻は、彼にとっては三十五分の遅刻に値するのだ。私が抱いた赤ん坊を見て、彼は眉間に深いしわを作る。

「それ、お前の子？」

「まさか違いますよ」

「分かってるよ」

橋詰さんは、ヤニだらけの歯を覗かせる。彼はバイトの先輩だ。たるんだ顎と、禿《は》げ上がった額のせいで老けて見えるが、私と五つしか年が違わない。

読んでいた『幽☆遊☆白書』をカウンターに置き、彼はジロジロと赤ん坊を見まわしてくる。私は咄嗟《とっさ》に姉の子供を預かったのだと嘘をつく。いるのは姉じゃなく妹なのに。突然赤ん坊が現れたと言っても信じてもらえないのは分かりきっていた。

橋詰さんにも、この赤ん坊が見えているのか。そのことに少しだけほっとする。頭がおかしくなって幻覚を見ているのではないかと不安だったのだ。

「知らないよ、店長に見つかっても」

そう言って、彼はエプロンを私に放る。遅刻も赤ん坊も見逃してくれるらしい。

〈漫画喫茶ミミズクはうす〉。

ここが私のバイト先だ。

この深夜バイトを三年続けているのは、橋詰さんのおかげでもある。引き継ぎの数分間行われる、彼との会話が私はとても好きだった。

「ここに寝かしとけばいいさ」

橋詰さんが段ボール箱に毛布を敷きつめる。赤ん坊の寝床を作ってくれたのだ。

「姉貴はすぐ戻ってくるのか？　オムツとかミルクとか。まぁ最悪駅前の24時間のドラッグストアがあるか」

人相は悪いが、彼は私の知る誰よりも優しい。バイトを代わってと頼めば、彼はぶつぶつ言いつつ引き受けてくれるだろう。

だが、それはしない。

借りを作れば、橋詰さんとの距離が少し縮まる。顔見知りと知人の境にいる、今の関係を崩したくなかった。それに先月、家の契約更新をしたばかりだ。今月はしっかり稼がないといけない。

「じゃあな」と去っていく橋詰さんに会釈する。彼を見送り、私は抱いていた赤ん坊を段ボール箱に寝かした。泣き疲れたのか気持ちよさそうに眠っている。赤ん坊の体はずっしりと重かった。

ずっと抱きかかえていたせいで腕が痛い。洗濯機から抱き上げた時より体が大きくなったように感じるが、気のせいだろうか。

エプロンを身に纏《まと》い、私は仕事に取りかかった。

仕事といってもたいしたことはない。

掃除と漫画の整理だけ。住宅地しかない駅のビルにある、いつつぶれてもおかしくないような小さな店だ。たまに酔っ払いは来るが、深夜は客もまばらで仕事は少ない。今も店にいる客は常連の三人だけ。赤ん坊を見ながらでも三十分程度で仕事は終わった。橋詰さんが自分の仕事をきちんとこなす男だから私がやることはほとんどないのだ。

ここまでくれば、あとは朝まで待機だ。電車もとっくに終わっているし、新たな客はまず来ないだろう。私はカウンターで読む漫画を選ぶことにした。昨日読んでいた漫画の棚に向かうが、続きが貸し出されている。三人しかいない客の誰かが持っていったのだ。やっぱり私は運がない。

適当に漫画を選びカウンターに戻った。段ボール箱に目を向ける。赤ん坊は先ほどと同じ体勢で眠っていた。

一仕事を終え、冷静さを取り戻した私は、改めて思う。

一体この赤ん坊はなんなのだ。赤ん坊をどうすればいいのか。私にはさっぱり分からない。警察という文字が頭に浮かんですぐ消えた。橋詰さんにさえ満足に説明できないのだ。見知らぬ刑事たちに事情を伝えられる自信はない。

今日は私の誕生日なのに。

ツイていない、では済まされない事態に巻き込まれてしまった。洗ったまま放置していた髪に指を通す。指通りは悪く、毛がすぐに絡まってしまう。二十四歳こそは大人の女を目指したかったのに。さっそく出鼻をくじかれてしまった。

カウンターに短い電子音が鳴った。レジ横のデジタル時計が深夜二時を告げたのである。

バイト終了まで、あと五時間だ。そう思った時だった。

突然段ボール箱から、にゅっと足が伸びた。白い靴下を穿《は》いた小さな足である。

「え？」

私は髪を触ったまま、固まっていた。わけが分からず体がうまく動かない。二本の足はバタバタと動き続けている。その動きは壺《つぼ》から足を出した蛸《たこ》のようだった。

小さな踵《かかと》が地面を蹴る。中から飛び出してきたのは幼い女の子だった。

「え、何これ」

やっと体が動き出し、箱の中を見やる。赤ん坊の姿は消えていた。毛布を引っ張り出すも、どこにも赤ん坊はいない。

青ざめる私をよそに、少女は店内をぴょんぴょんと走り回っている。飛び跳ねるたびにジャンパースカートが揺れた。揺れるたびに、オムツで膨らんだ毛糸のパンツが見え隠れする。少女は興奮しているようで甲高い奇声を発していた。事態に気づいた三人の常連客がざわめき出す。

「ちょっと待ちなさい」

とにかく騒ぐのをやめさせよう。私は女の子を追う。狭い店内を彼女はちょこまかと逃げ回る。追いかけっこが楽しいのか、女の子はさらに奇声をあげた。

やっとのことで追いついて、私は背後から手を伸ばす。ぷっくりとした腹に腕を回して持ち上げた。特に抵抗もせず、女の子はされるがまま抱きかかえられている。汗ばんだ彼女の服には熱がこもっていた。カウンターの椅子に、彼女を座らせて深呼吸をする。ゆっくり息を整えてから私は尋ねた。

「あなた、お名前は？」

女の子は小さな両手を口に突っ込み、笑っている。開きっぱなしの唇からよだれが一筋垂れた。見た顔だが、どこで会ったのか思い出せない。私は再度同じ問いを繰り返す。

女の子は口に手を突っ込んだまま言った。

「ひぃちゃん」

彼女が名乗ったということに一瞬気づかなかった。自分の名前を呼ばれたと勘違いしたのである。父さんや母さんから、私は「ひぃちゃん」と呼ばれているのだ。

「ひぃちゃんのおうちはどこ？」

ひぃちゃんは両手を舐めるのに夢中で答えてくれない。

正直に言おう。

私は子供が苦手である。嫌いではないが、どう扱っていいか分からないのだ。それにたいていの子供は、私を嫌う。目が怖い、顔が怖いと言って怯《おび》えられるのだ。案の定言うことを聞いてくれない彼女に、ふつふつと苛立《いらだ》ちが湧き上がっていく。だが声を荒らげて泣かれでもしたらおしまいだ。

「お口に手を入れるの一回やめてくれるかな？」

猫撫で声で頼むも無視をされる。

「ねぇ、お願いだから」

私は彼女の小さな手を摑み、口から引っ張り出した。両手とも、すっかりふやけてしまっている。ひぃちゃんは唇と手を繋ぐよだれの糸を興味深そうに見つめていた。良かった、泣かれなくて。ほっとしながら、私は言葉を続けようとした。だができなかった。

私は見つけてしまったのだ。ひぃちゃんの左手にある火傷跡を。

「これって」

ひぃちゃんの手の横に、自らのものを並べる。

それは私の手に残る跡と同じ形をしていた。背中を嫌な汗が伝っていく。よく分からない焦りに襲われながら、私は二つの火傷跡を見比べる。見れば見るほど、二つはそっくりだった。

ありえない答えが、私の中で導き出されようとしていた。


「ひぃちゃんって、私?」


導いた答えを口に出しながら思った。

ありえない。けど、しっくりくる。

口に出してみると、もうこれ以外の答えは考えられなくなる。ひぃちゃんは幼い頃の私のようなのだ。呼び名も火傷の跡も、偶然とは思えない。顔に見覚えがあるのも『自分』なのだから当然なのかもしれない。よく見ると、ひぃちゃんのつり上がった目は、私のそれと同じである。

なぜ幼い自分が現れたのか。なぜどんどん成長していくのか。そういう謎からは目をそらしてしまう。必死に考えたところで、答えなど出るはずがない。こんな馬鹿みたいな状況、真面目に考えるだけ無駄だ。


目の前にいるのは、もう一人の私。


そう認めてしまうと急に気が楽になった。人様の子供じゃない。だからちょっと粗相をしても誰かに怒られることもないのだ。気にするところはそこじゃないだろうと、思わず自分にツッコむ。大きな問題はあと回しで、とりあえず物事を解決した気になっておく。これは私の得意技である。

「ひぃちゃん、これできるよ」

頭の中を整理していると、いきなりひぃちゃんが椅子から飛び降りた。彼女は鼻をぴくぴくさせて、こちらを見やる。高い場所から飛べることを自慢したいようだ。うまく反応できずにいると、ひぃちゃんは不満げに口を尖《とが》らせた。そして肉厚なほっぺたを膨らませてから、今度は独楽《こま》のようにその場で回り出した。

「ねぇ、これは？」

感想を求められて、私は思わず「えぇ」と声をあげる。無邪気さ全開でこられても、子供嫌いには対処しきれない。目は回らないのだろうか。転ばないだろうか。私ははただ、ハラハラするばかりだ。赤いジャンパースカートを揺らして、幼い私はぐるぐる回り続ける。きっと何をしても周りの大人が喜んでくれると思っているのだろう。このぐらいの年の時は、まだ妹も生まれていなかったはずだ。両親や親戚からの、ちやほやを独占していた頃である。頃である、と言っても当時の記憶はない。ただ目前の私を見れば一目瞭然だ。幼さだけでは片づけられない、世界から愛されているという空気を、ぐるぐる回りながら放出させている。

幼い自分だと分かった途端これだ。ひねくれた見方でしか相手を見られなくなる。そんな自分にうんざりしていると、

「きゃひゃあ」

ひぃちゃんが奇声をあげる。回ること自体が楽しくなって興奮しているようだ。

「静かにしようね」

私の声をかき消すように、ひぃちゃんは奇声をあげ続ける。仕切りの向こうから客の咳払《せきばら》いが聞こえてきた。

「駄目だよ、お姉ちゃん怒られちゃう」

「やだ!」

「やだじゃないの」

「やだやだやだ」

ひぃちゃんは「やだ」を連呼しながら回る。カウンターの中は掃除が適当だ。回転に合わせて埃《ほこり》が舞い上がる。私の頭に浮かんだのは、昔夜店で買った独楽だった。回すと中のライトが光り、けたたましい音で「きらきら星」を奏でる。遊んでいると「うるさい」と、母さんに怒られたあれだ。

数人しかいない客たちの咳払いや舌打ちが「やだやだ」に混ざっていく。これはまずい。彼女の両脇から手を回し、ひょいと持ち上げた。

「やだぁ!」

ぎゃんぎゃん叫ぶ独楽を、そのまま休憩室へ運ぶ。遊びを邪魔されて、ひぃちゃんは途端に不機嫌になった。感情のまま、彼女は私をぽかぽか殴る。洗いっぱなしの髪はさらにボサボサ。よれよれのTシャツはこれでもかというくらい引っ張られ、中央に描かれたパンダの顔が歪《ゆが》む。だから子供は嫌いなのだ。こんな状態ではバイトどころではない。客にクレームを入れられたら終わりだ。誕生日にバイトをクビ、なんて事態は避けたい。

不本意だが最後の切り札を使うしかなさそうだ。ひぃちゃんを押さえながらバイトの名簿を手に取り、番号を確認する。スマホの発信ボタンを押すとワンコール目で電話は繋がった。

「橋詰さん、もう家ですか」

三時には戻る。そう言った橋詰さんがやってきたのは二時四十五分だった。さすがである。

「なんかでかくなってないか」

「さっきは寝てましたから」と、私はよく分からない言い訳をした。橋詰さんの目線が怖くて、咄嗟にもう一人の自分を背後に隠す。ひぃちゃんの機嫌はかろうじて良くなっていた。橋詰さんが来るまでの間「高い高い」を延々やらされたのだ。明日は確実に筋肉痛だろう。

フンと鼻を鳴らして橋詰さんは煙草をくわえた。そしてひぃちゃんを見やると、ぽわぁと輪っかの煙を吐き出す。ひぃちゃんは再び奇声をあげた。たったそれだけで彼女の心を摑んでしまったようである。なんだか面白くないなぁと思いながら、私は頭をさげた。

「あの、助かりました」

「ほかに頼る相手いねぇのかよ、彼氏とか」

「いやぁ」と、ヘラヘラ笑って言葉を濁す。そこで会話は終わった。橋詰さんはエプロンをつけるとカウンターへ去っていく。

「彼氏ねぇ」と、思わず私は独りごちた。

丸山くんは寝たら起きないし、子供を預けるのは不安だ、という言い訳は後付けである。

最初から私には彼を頼るという選択肢がなかった。丸山くんには頼れない。頼って断られた時のダメージを考えると怖いからだ。だから私は橋詰さんを選ぶ。彼は絶対助けてくれる。その自信があった。彼はいつでも私に優しい。その証拠に息を切らして、ミミズクはうすに戻ってきてくれた。仕事終わりで疲れているはずなのに。あれだけ関係性を崩したくないと思っていたのに。結局自分の都合で、あっさり人の親切につけ込むのだ。誕生日早々自己嫌悪ばかりである。これ以上考えているとドツボにはまりそうなので、慌ててひぃちゃんを抱きかかえた。

「帰ろうか」

ひぃちゃんは私の首にぐるりと細い腕を回す。「やだ」と言われなかったことにほっとしつつ店を出てエレベーターに乗り込む。乗ったあと、橋詰さんに挨拶すれば良かったと後悔した。まぁいい。気が利かないのは今に始まったことではない。

その時、ずしんと体に衝撃が走った。急にひぃちゃんの重みが増したのである。まさかと思い、ひぃちゃんを見やった。抱きついている彼女は明らかに成長している。髪の毛も伸びて、服装も花柄のシャツとぴったりとしたひざ丈のスパッツに変わっていた。

「ひぃちゃん、じぶんであるけるよ！」

先ほどまでに比べて、明らかに流暢《りゅうちょう》に彼女は喋れるようになっていた。言われるがまま床に下ろしてからスマホ画面で時間を確認する。ちょうど三時になったところだった。段ボール箱から飛び出したのも、ちょうど二時になったときであった。

「一時間に一歳ずつ大きくなってるのかな」

思わず尋ねるも、もちろんひぃちゃんは答えてくれない。返事代わりにチンという音と共にエレベーターが一階に到着した。ひんやりとした夜風が吹き込んでくる。今夜はTシャツ一枚だと少し肌寒い。何かもう一枚羽織ってくれば良かった。腕をさする私を置いて、ひぃちゃんはさっさと外に飛び出していく。

「勝手に行かないでってば」

声を荒らげると、ひぃちゃんがくるりとこちらを振り返った。

「ひぃちゃん、おなかへった」


正直なところ、ひぃちゃんの要求に救われた。丸山くんの眠る部屋に彼女を連れて帰りたくなかった。この状況をなんて説明していいかさっぱり分からないし、彼がうまく対処してくれるとは思えない。

私は帰り道にあるファミレスに入ることにした。たまに丸山くんと訪れるが、こんな時間に入るのは初めてである。ミミズクはうすとは違い、こちらはそれなりに賑《にぎ》わっていた。酔いつぶれて眠る人。パソコンとにらめっこしている人。テーブルの上で両手を絡め合わせる男女。昼間の客たちにはない不健全な佇《たたず》まいの者ばかりだ。窓際のソファ席に案内してくれた店員さんの目つきからすると、私もそんな佇まいの客の一人なんだろう。こんな夜中に幼い子供を連れ回しているのだ。ろくでもない母親だと思われているに違いなかった。

席に着くと、ひぃちゃんは急に大人しくなった。ソファに膝をつき、窓の外をじっと眺めている。窓の外は闇だ。車通りもなく静かである。店内に流れる音楽が、やけに大きく聞こえる。ソファに上がる前、彼女はマジックテープをベリベリ剝がして自ら靴を脱いだ。

「へぇ」と、私は少し感心した。先ほどまでの暴れん坊が嘘のようにお利口さんになっている。

「靴、お母さんに脱ぐよう言われてるの？」

ひぃちゃんは窓と向き合ったまま、しばらく黙っていたが、やがて短く答えた。

「ちがう、ぱぱ」

その答えに私はハッとした。昔の記憶が蘇《よみがえ》ったのである。

そうだ。この頃の私は外食が嫌いだった。原因は父さんである。私を火傷させたあと、禁煙したことをきっかけに、彼は健康法にはまった。私が三、四歳の頃、それは過剰となり、いわゆる「健康オタク」をこじらせていたのである。父さんが傾倒した健康法は、簡単に言えば甘いものを子供に摂取させないというものだった。糖質はお芋やご飯から摂《と》ればいい。お菓子はもちろん、揚げものや味の濃いものは避ける。食卓にはヒジキやガンモドキの煮物が並んだ。父さんがこの考えに飽きるまで、私はほとんど甘いものを与えられることがなかったのである。私の健康を考えての選択だとは分かっている。今でもガンモドキやヒジキは好きだ。母さんの作るご飯に不満があったわけじゃない。でも外に出れば話は別だ。ファミレスでの食事はおおげさな言い方をすれば地獄だった。他の子たちがお子様ランチとジュースを頼む中、私は両親がチョイスした煮物や焼き魚。飲みものはお茶か牛乳だった。色鮮やかなご飯、おまけのおもちゃ。デザート。他の子のすべてがうらやましくてたまらず、当然箸は進まない。たいてい取り分けられたおかずを食べきれず、父さんに怒られる。基本甘やかされて育った自信はあるが、食事に関してだけは、彼はとても厳しかった。外食が楽しいと思えるようになったのは、それから随分先だったと思う。

お腹は減っているけどファミレスは苦手。窓とにらめっこを続ける幼い私の胸の内は複雑に揺れているのである。

「ひぃちゃん」

嫌々振り返った彼女に、私はお子様メニューを差し出す。

「好きなもの、頼んでいいよ」

ひぃちゃんは少しためらってから「なんでも?」と、尋ね返した。

「うん、なんでも。余ったら私食べるから」

その時の彼女の変化は、なんと表現していいものか。目の色が変わったなどという言い方では足りない。言うならば火花だ。ひぃちゃんの瞳から色とりどりの火花が飛び出し、光り輝いているようだった。

「ほんとにいいの？」

語尾を上げながら、彼女はメニューに顔を埋めた。覗き込むと、そのほっぺたは赤く鼻息は荒い。無我夢中で料理の写真を眺めている。

喜ぶ彼女に、自分の胸がいつになく高鳴っているのを感じた。私の一言で、こんなに誰かを幸せにしたことが人生であっただろうか。誰かを怒らせたり不快にさせることは山ほどあったが、これは初めてのことだ。ニヤけそうになる頬を抑えながら、私は声を張って店員さんを呼ぶ。やってきたのは先ほど席に案内してくれた人だった。

「お呼びの際は、こちらの呼び出しボタンをお使いください」

店員さんに軽く注意を受けるが、気分がいいので受け流す。

「ドリンクバー二つと、何がいい？」と、もう一人の私に尋ねる。彼女はメニューを四カ所指さした。

「お子様ランチのグラタンプレートと、パンケーキプレート。コーンスープとミニプリンパフェをください」

店員さんは一拍間を置いて「かしこまりました」と去っていった。ろくでもない母親が子供の言いなりになって甘やかしている。笑顔を取り繕うこともない様子からは、そんな思考がダダ漏れていた。

「だいじょうぶ？　おこられない？」

メニューを抱きしめたまま、ひぃちゃんが不安げな顔をする。店員さんの空気を感じ取ったようだ。そんな彼女の頭を撫でながら、私は口を開いた。

「私ね、小さい頃スティックシュガーを盗んだことあるんだ」

質問の答えが返ってこず、ひぃちゃんはきょとんとしている。私は構わず喋り続けた。

「ひぃちゃんより、少しお姉さんになった頃かな。お母さんと行った喫茶店で盗んだの。あ、スティックシュガーってこれね」

テーブルにあった一本を手に取った。これも、さっき思い出した記憶である。どうしても甘いものが食べたくて、母さんがトイレに行っている間に、こっそり一本ポケットに押し込んだのだ。

「家のトイレに閉じこもって、こっそりお砂糖を舐めたんだ。最初は怒られるんじゃないかってハラハラしてたけど、バレないのが分かると外に出かけるたびに盗むようになった」

ひぃちゃんは黙って話を聞いていた。手を膝の上に置いていて、じっと耳を澄ましている。ソファの上で胡坐をかいていた私は思わず姿勢を正した。

「あのくらいから私はだんだんひねくれ出したと思うんだ。だから、もしね、誰かが小さい私にこっそり甘いものを食べさせてくれていたら、こんなふうに問題を先延ばして言い訳ばかりにならなかったと思うの。まぁこの発言自体も言い訳だけどね」

私は彼女に喋っているのか独りごちているのか分からなくなっていた。どちらにせよ、自分に喋っていることには変わりないから、そこがややこしい。

「つまり何が言いたいかというとね。これから私がひぃちゃんがやりたいこと全部叶えてあげるってこと」

ごちゃごちゃと過去のことを引っ張り出したりかっこいいことを言ったりしてみたが、要は簡単な話だ。私は幼い自分を喜ばせることで「なんだかなぁ」な毎日を送る自分も満たされようとしているのである。

「ごめん、意味分かんないよね」

私が謝ると、ひぃちゃんは力強く「うん」と頷《うなず》いた。そこに店員さんがお子様ランチを持ってやってきた。旗の刺さったマカロニグラタン。丸パン。唐揚げ。ポテトサラダにプチトマト。小さなゼリーとおもちゃがワンプレートにひしめき合っている。再びひぃちゃんの瞳から火花が飛ぶ。独楽になったり火花を飛ばしたり騒がしい子だな。彼女は口早に「いただきます」と手を合わせて、マカロニにフォークを突き刺す。糸を引くチーズを彼女は器用にくるくると絡めとり口元に運ぶ。

「冷まさないと火傷するよ」

私の忠告を素直に聞き入れ、彼女はフゥーフゥーとマカロニを冷ましてからパクリと食らいついた。ほふほふと白い湯気を吐き、ゴクリとマカロニを飲み込むと、ひぃちゃんは、にたぁと頬を緩ませる。五百四十五円のお子様ランチで、こんな恍惚《こうこつ》の表情を浮かべられるんだから子供ってすごい。ひぃちゃんは黙々とお子様ランチを食べ続ける。続けて届けられたコーンスープをぐびぐびと飲み、パンケーキのメイプルシロップに指を突っ込んでペロリと舐めた。あっぱれな食いっぷりである。

私の視線に気づいたのか、ひぃちゃんは「食べていいよ」とグラタンプレートを私に差し出してくる。

「私にくれるの？」

「うん、ちょっとだけ」

ちょっとだけという意地汚さに、やっぱりこの子は私なのだなと苦笑する。お言葉に甘えて、私はグラタンを一口いただくことにした。考えてみれば二十四歳最初の食事である。

この年になって、念願のお子様ランチを食べられるとは、意外と幸先《さいさき》の良い誕生日かもしれない。

お子様ランチのグラタンはコーンが入っていて思ったよりも美味しかった。


家に帰ると、丸山くんは仕事に出たあとだった。カーテンは閉められたままで時計は六時を指している。彼の朝はとても早いのだ。冷蔵庫を開けると昨晩のおかずがそのまま残されている。

「朝食べるって言ったじゃん」

そう呟《つぶや》いてはみたが、想定範囲内の展開だった。丸山くんは朝に弱い。私が無理やり食べさせない限り、自ら朝ご飯を食べることなど考えられなかった。ぐしゃぐしゃに乱れた布団の横に乱暴に脱ぎ捨てられたタンクトップが転がっている。彼が寝ている時にいじったのだろうか。端っこに開いた穴が心なしか大きく広がっていた。

私は抱っこしていたひぃちゃんを布団に寝かせる。彼女は口を大きく開けて爆睡していた。ひぃちゃんはファミレスでお腹がぱんぱんになるまでご飯を食べて、近所の公園で思う存分ブランコを楽しんだ。四時、五時と、ひいちゃんはみるみる大きくなり、私はそのたびに彼女の願いを叶えてあげたのだ。ファミレスの店員さんと同様に、出勤していくサラリーマンに怪訝《けげん》な顔をされたが気にしなかった。彼女は私だ。自分をどれだけ甘やかそうが自己責任だろう。ブラジャーを外してから横になろうと、布団を離れようとしたら、ひぃちゃんにパンダTシャツをぐいと摑まれた。

「大丈夫、どこにも行かないよ」

身動きが取れないので、そのまま彼女の隣に横たわった。ひぃちゃんは私の胸元に顔を埋めてくる。

「甘えん坊だね、ひぃちゃんは」

彼女を愛《いと》おしく思っている自分に気づき、こそばゆい気持ちになった。姿見に映る私の目尻はだらしなく垂れている。子供は嫌いなはずなのに。彼女を甘やかし、彼女に甘えられて嬉《うれ》しかった。ちょっとだけ良い人になれた気がして、気分が良かった。満たされた気分のまま、ひぃちゃんの背中をゆっくりと叩く。私は自然と子守歌を口ずさんでいた。

「ひぃちゃんは、私たちの宝ぁ」

それは母さんに歌ってもらったものである。恐らく彼女の創作であろう。口ずさんだあと、「宝って」と思わずツッコんだ。あぁ子供の頃の私は、少なくとも母さんたちの宝だったんだな。

そんなことを思っているうちに瞼が重くなり、私はいつの間にか眠りについていた。

残念、ひとみ

12:00

風が窓から吹き込んでいた。

カーテンが揺れて、晴れ空が見え隠れしている。日差しが強い。青い空も輝く太陽も全力で夏を主張している。今日も暑くなりそうだ。寝起きの目には白く輝き舞い上がる埃が、やけに綺麗《きれい》に見えた。瞼が重い。まだ眠り足りないのだ。

今日は誕生日。特に予定はない。

だから、せめて思う存分眠っていたかったのに。さっきから私の眠りは妨げられている。それは勝手に開け放たれた窓のせいではない。日差しが眩《まぶ》しいせいでも埃のせいでもない。

耳が痛いからである。

布団に横たわる私の右耳を、正確に言えば耳たぶのピアス三つをこねくりまわしているやつがいるのだ。

「やめてぇ」

公園で騒ぎすぎたのか、声が擦れている。二度咳払いをして「やめてぇ」と、言い直す。だが尚も耳たぶは弄び続けられた。

右耳がジンジンと痛み、熱い。

タオルケットをめくると、胸に抱いていたはずのひぃちゃんが消えている。私の背後に回り耳たぶで遊んでいるのは、小さな私で間違いない。

「お願い、もうちょっと寝かせて」

ピアスいじりが、おさまる気配はない。

「ひぃちゃんってば」

なだめるように言ったのと同時だった。

ばちん。

突然頬を叩《はた》かれたのである。それも割と強い力で。予想外の返しに「え」とか「へ」といった間抜けな声をあげてしまう。ただでさえ回転の遅い頭なのだ。寝起きで対処しきれるはずがない。

「痛いよ、ひぃちゃん」

名を呼んだ途端、またばちんとやられてしまった。先ほどよりも力が増している。どう考えてもグラタンで騒いでいた幼子の力ではない。私は恐る恐る口を開いた。

「ひぃちゃん?」

「その呼び方、やめろ」

甲高く、刺々《とげとげ》とした声だった。

今ので完全に目が覚めた。布団から飛び起きて声の主を見やる。

少女はふてぶてしい顔で座っていた。

抱えている膝小僧の上で、三つあみにしたおさげ髪が呼吸に合わせて揺れている。

彼女は眉をしかめて私を睨《にら》みつけていた。唇は一文字に閉じられ、かさついている。

ここまでふてぶてしいという言葉が似合う人間はそういないだろう。

「やっと起きたよ、まったく」

少女の歯は矯正器具で覆われている。歯の上を線路のように横切る白いワイヤーで、確信した。

間違いない。これは十二歳の私である。

時計に目を向けると、やはり十二時を回っていた。

「さっさと支度して」

「支度って」

少女は「は」と短く吠《ほ》えてから、目を見開いた。

「私の願い、なんでも叶えてくれんでしょ？」

わざわざ言わせるなという口ぶりである。

私の馬鹿たれ。

心の中で毒づく。なんて約束をしてしまったのだろう。私が願いを叶えてあげたかったのは、目から火花を飛ばして笑うひぃちゃんだ。こんなふてぶてしくて、いまいましいガキんちょではない。今更あの約束はなしと言おうものなら、どんな罵声を浴びせられるか分からない。

時が経てば彼女が育っていくことは分かっていたはずなのに。自分の考えの浅さにうんざりしながら布団を畳む。

自分を落ちつかせるための時間稼ぎだ。

よく見まわすと、部屋はひどいありさまだった。積んであった漫画は倒れ、引き出しから物が溢《あふ》れている。冷蔵庫も漁ったのだろう。昨晩作ったおかずをのせていた皿が空になり畳の上に置かれている。せめて机に置いて食べればいいのに。呆れながら皿を拾い上げると、

「ポテトサラダ、胡椒《こしょう》入れすぎ」

すかさず文句が飛んできた。どうして一回りも年の違うガキんちょに、姿見の前で前髪を直しながら料理の駄目出しをされなければならないのだろうか。張り倒してやりたいが、自分と分かっていても子供に手をあげるのは気が引けた。

「さ、早く行こ」

片づけを終えた私を、十二歳の私が急《せ》かす。

「行くって、どこに」

「原宿」

彼女が言い放った原宿は、やけに甘ったるく卑猥《ひわい》な響きがする。嫌な予感がした。

「原宿で何するの」

「ナンパ待ちとかスカウトとか」

頭がくらくらした。待ちきれずに玄関で靴を履こうとしている彼女を「待って」と、慌てて引き止める。

「ナンパもスカウトもされないからね」

しかし、彼女は動じない。

「いいから連れてってよ」と、語気を強めて体を揺らす。全身を使い、早く出かけたいアピールをしているのだ。その仕草ひとつひとつが痛々しい。

あぁ、そうか。十二歳の私は、まだ自分のことを結構イケてると思っているのだ。

狭い世界しか知らない、可哀想《かわいそう》な私。

口で説明しても無駄だ。そう悟った私は、彼女に現実を突きつけることにした。押入れを開き、中を漁る。目当てのものはすぐ見つかった。小中高の卒業アルバムである。

「見てごらん」

ページをめくって玄関に立つ彼女に突きつけた。六年一組のページには写真と共に様々なランキングが記されている。

「ほら、可愛《かわい》いと思う女子トップ3にアンタの名前ないでしょ」

十二歳の私はふてぶてしさを増大させながらアルバムを睨みつけている。

「ちなみにアンタは女子十四人中九位」

「九位」と、彼女は唸《うな》った。もう一押しである。

「中学でも高校でも同じポジション、つまり中の下だから」

あぁ辛《つら》いな。喋りながら思った。

放つ言葉が全部私に跳ね返ってくる。グサグサ胸に突き刺さる。けど我慢だ。根拠のない自信のせいで十代の私は何度も恥をかき、苦しんだ。あとで何度も傷つくより、今のほうが傷は浅いはずである。十二歳の私はアルバムをゆっくりめくりながら呟いた。

「男どもの見る目がないんだよ」

この期に及んで、まだそんなことをのたまうとは。さすが私だ。こちらの想いをくまない愚かな子である。

「大きくなったらアンタはこれになるの」

「これ」に合わせて、私は自分の手を、自分の胸にぐっと押し当てる。

「目つきの悪さは直らないし、ガリガリでスタイルも悪いまま。現実を見なさい、現実を」

子供相手ということも忘れ、一気にまくしたてた。だが、もう一人の私は余裕の表情である。時おり歯の白いワイヤーを舌で舐めながら余裕そうに笑っている。カチンときた。今でも私がよくやってしまうヘラヘラ笑いだった。まともに話を聞いていない証である。

「私のことバカにしてんの？」

そう窘《たしな》めると「全然」と彼女は首を振り、三つあみを揺らす。そして勝ち誇った笑みのまま言った。

「むしろよくやったって感じだよ」

「なんだそれ」

「あんた、丸山くんと一緒に住んでるんでしょ」

「そうだけど」

彼女はアルバムに書かれたランキングをコツコツと指先で突いた。そこには丸山慶《けい》介《すけ》の文字があった。かっこいい男子ランキング三位と絵がうまい男子二位に名を連ねている。私と丸山くんは中学だけでなく小学校も同じなのだ。ちなみに今見ている卒業アルバムは私のものではなく彼のものだ。私は写真が嫌いだ。小学校に限らず、どんな過去も思い出したくない。恥と後悔ばかりの人生だからだ。私が漆塗りのお椀《わん》ならば、何度も恥が上塗りされて大層な光沢を放っていることだろう。

「トップ3と付き合えてるんだから、そこそこ私は可愛いってことじゃん」

十二歳の私に返す言葉が見つからなかった。彼女が清々《すがすが》しい程に愚かで楽観的だから、ではない。さっきのニヤニヤ笑いと同じ。今の私もよくしている考え方だからだ。お得意の言い訳である。

人生うまくいかなくても好きな人と一緒なんだから、それでいいじゃん。彼氏いない人より人生レベル一個上じゃん。

そう言い聞かせて自分を高めているのだ。現実を知っても知らなくても、さして私という人間は変わらない。大人になりきれていないとは思っていたが、十二歳から進歩なしとは。なんだか、怖くなった。

「ぼけっとしてないで、行くよ」

十二歳の私は、いそいそと扉を開ける。

「そんなに原宿行きたいんだ」

「ファミレスで約束したじゃん」

嘘つき嘘つき。叫びながら地団駄を踏まれた。分かりやすい駄々のこね方である。これ以上騒がれても困るし、彼女を言いくるめる自信はない。

仕方ないと、覚悟を決めた。どうせ予定もないのだ。誕生日の寂しさがまぎれるかもしれない。浴室の鏡で申し訳程度に身なりを整えて、リュックを背負う。

さて行くかと、外に出た。

待ちきれなかったのか、十二歳の私はすでに階段を下り始めている。足取りは軽い。それに合わせて錆《さ》びた階段がきしむ。すっかりご機嫌の彼女は鼻歌交じりである。この頃の私は、そんなにも原宿に行きたかったのだろうか。よく思い出せない。

地べたに足をつけた彼女が「あ、そういえば」と、こちらを振り返った。

「タケちゃんは今何してるの？」

タケちゃんといえば水色だった。

自分の似合う色を知っていたんだろう。筆箱に髪留め。靴に眼鏡のフレームも水色だった。本名は竹内智子《たけうちともこ》という。小学三年から六年まで同じクラスで一番仲が良かった。

私はタケちゃんが大層好きだった。

長い手足に、短く整えられた猫っ毛の髪。タケちゃんママが出してくれる手作りおやつ。彼女が書く文字（特に「す」と「ま」と「め」）。

私の好きをひとつに固めたらタケちゃんの出来上がり。私の自慢はタケちゃんって友達がいること。そう思ってしまうくらい何もかもが私好みだったのである。

私たちは互いを親友と呼び合った。親友なので自然に交換日記を交わすようになった。

飼育小屋のウサギのこと。クラスの嫌いな女子のこと。観たテレビのこと。一日のすべてがそこに記された。日記の話題の大半を占めていたのが丸山くんである。

私好みのタケちゃんの好みは、私と同じだったというわけだ。

かっこいい男子トップ3に選ばれるくらいである。丸山くんはそこそこ人気があった。足が速く、絵がうまかったので、活発な子から控えめな子まで、広い女子層に支持されていた。

私とタケちゃんは丸山くんのパーカーや教科書の落書きについて熱心に語り合った。タケちゃんが何度も「まるやまくんすき」と書くものだから、ページは私の好きな「ま」と「す」で埋め尽くされていく。それが私は嬉しかった。版画のコンクールで彼が銀賞を貰《もら》った時は手を取って喜び合い、それによって他クラスの女子に人気が出ると憤慨し合った。

うちらのほうが先に好きになったのに。横入《よこはい》りしないでほしいよね。怒る私に、タケちゃんはさらりと言った。

「でも恋に順番はないから」

衝撃だった。なんて大人みたいなかっこいいことを言うんだろう。少女漫画のヒロインみたいだと、ますます彼女が好きになった。

タケちゃんとの仲が急変したのは小学六年の夏である。きっかけは些細《ささい》なことだった。廊下で違うクラスの女子たちの会話を聞いたのである。

私は給食当番でソフト麺を運んでいた。

「竹内さんなら仕方ないよ」

「うん、丸山くんとお似合いだもん」

「早く付き合っちゃえばいいのにね」

聞こえてきたのはそれだけだ。

だがそれだけで充分であった。

ソフト麵を持っていなければ廊下に座り込んでいたかもしれない。ソフト麵のミートソース掛けは男子たちの好物だ。落としでもしたら卒業するまで文句を言われる。下手したら中学に入っても思い出されるたびに文句を言われる。そう思って必死に耐えたのだった。

変な話だが、それまで私は丸山くんが誰かのものになるなんて想像もしていなかった。毎日飽きもせずに、せっせと恋愛ごっこに勤《いそ》しんでいただけなのである。

廊下の女子たちの言い分はもっともだ。もし丸山くんが誰かのものになるならばそれはタケちゃんしかいない。可愛くて面白くて良い匂いがして、持っているものが全部可愛くて、恋に順番はない、なんて言えてしまう女の子だ。

それと同時に私は焦っていた。

ずるいな、タケちゃん。水色だけじゃなく丸山くんまで似合っちゃうなんて。目だって私より全然大きいし。全く勝ち目がないじゃないか。好きの塊だったはずの親友を、いまいましく邪魔なものだと感じている自分がいたのである。その日の夜。私は交換日記にこのようなことを書いた。

まるやま君がタケちゃんのこと、デカ女って言ってたって。青いものばっか持ってて男みたいだって。ひどいよね。

どうしてそんな嘘を書いてしまったのか分からない。あまり深いことは考えずに「タケちゃんずるい」という感情のまま、つい書き殴ってしまった。いや、もしかすると、ほんのちょっとだけ二人の仲が悪くなれと思ったかもしれない。でも、タケちゃんなら、いつもの大人びた切り返しでかわしてくれるだろう。また少女漫画みたいな切り返しをしてきて、私を唸らせてくれるだろう。そう思っていたのである。

だが交換日記を受け取ってからタケちゃんは変わった。

日記から「ま」や「す」という文字が消えていった。丸山くんを見ると俯《うつむ》き、逃げるようになった。水色が似合わなくなり、黒とかグレーの服を着るようになった。それに合わせて彼女自体がくすんでしまったのである。

好きの塊だったタケちゃんから、どんどん好きが抜けていく。

とんでもないことをしてしまった。気づいた時にはすべてが遅かった。タケちゃんの態度のせいで丸山くんもギクシャクしていった。漫画の貸し借りや黒板に一緒にいたずら書きをしたりする仲だったのに、いつの間にか二人は挨拶も交わさぬようになっていったのである。どうにか元通りにしたいのに、そのやり方が分からない。全部私のせいなのに。

夏が終わり、半袖を着ている子が誰もいなくなった。卒業アルバムの撮影が近づいて話題はそれでもちきりである。卒業。その言葉を聞いて、やっと私は決意した。卒業前にすべてを打ち明けよう。元には戻らないかもしれないが、このモヤモヤを抱えて中学に上がりたくなかった。

その日の夜。交換日記に長い謝罪文を書いた。全文は三ページ半に及び、完成に一晩を費やした。

だが、タケちゃんがそれを読むことはなかった。

急な転校だった。

お父さんの仕事の都合とかなんとか先生が説明していたけど、よく覚えていない。卒業アルバム、一緒に載れなくて残念だったね。そんなことを言って先生は話を終えたと思う。

何人かのクラスメイトが泣いていた。怒っている者もいた。どちらもタケちゃんとの別れを惜しんでいた。私は驚きすぎて泣くことも怒ることもできなかった。前日まで交換日記を交わしていたのに。どうして引っ越しについて何も触れていなかったのだろう。私にはなんでも教えてくれていたのに。私の嘘に気づいていたのかな。いつの間にか、親友じゃなくなっちゃったのかな。しばらくすると驚きが去り、彼女の不在に安堵《あんど》している自分がいた。交換日記はその日のうちに近くのコンビニのゴミ箱に捨てた。


「それから?」

電車に揺られながらヒトミが口を開いた。

ひぃちゃんと言うとぶたれるので、もう一人の私をヒトミと呼ぶことにしたのだ。頭の中で片仮名に変換することで自分と区別したのである。座席が空いているのに、ヒトミはドアの前に立っていた。不貞腐《ふてくさ》れた顔で外を眺めて、時々、矯正器具を口の中で舐めた。私はシートの端っこに座り、そんな彼女を眺めながら話を続ける。

「しばらくして手紙がきたよ」

「へぇ」

自分で尋ねてきたくせに、ヒトミは興味なさそうに相槌《あいづち》を打つ。

「謝ってた。お別れするのが辛くて、転校のことを言い出せなかったんだって」

タケちゃんは東京に引っ越していた。詳しい場所は思い出せないが、なんだかかっこいい住所だった。

「それからしばらく文通してたけど」

すかさずヒトミが「けど？」と尋ねる。私は少しうんざりしていた。今まで奥底にしまっていた記憶を掘り起こすことに、疲れていたのである。それに電車の揺れは心地が良い。瞼が再び重くなり始めていた。

「すぐにやりとりもなくなって、それっきり」

そこで言葉を切って欠伸をする。話を終わらせたくて「着いたら起こして」と目をつぶった。

文通で何を書いたかは全く覚えていない。けど、何を書かなかったかだけは覚えている。

あの日の嘘も交換日記を捨てたことも黙っていた。卒業式で丸山くんに告白したことも。考えさせてほしいと言われ、そのまま三日間も返事がなくて、諦めかけていたら、四日目に付き合うことになったことも。

大事なことを何もかも書かなかったのだな。そのことに改めて気づいて、私はさらに自分が嫌いになる。今思えば、交換日記に書いた長い謝罪文だって、きっと本心ではなかったのだ。本心ならば、手紙で謝っていたはずである。ただ気まずいのが嫌で、楽になりたくて書いただけだったのだ。昔から、私は本当に嫌な女だ。自己嫌悪に没頭していると、肩を揺すられた。もう着いたのか。目を開けるとヒトミの装いが変わっていた。それは中学時代の制服であった。十三時になったのである。制服姿の彼女は私の肩を摑んだまま言った。

「私、タケちゃんに会いたい」

電車の走行音が、やけに大きく聞こえた。

目前に立つヒトミも私も黙っている。彼女のスカートはプリーツが乱れてシワシワになっていた。両手で力いっぱい握りしめているせいである。固く閉じられた拳は微《かす》かに震えていた。呼吸は浅く、ヒトミの肩は忙《せわ》しなく動いていた。胸の真ん中を、スカートと同じ色をした濃緑のリボンが陣取っている。

この緑色が昔から嫌いだった。

中学の制服を憎んでいた、といっても過言ではない。ブカッとしたセーラー服は野暮ったい私をさらに野暮ったくした。野暮ったさは十代の女子にとって一番の敵なのである。隣の地区は紺色のブレザーなのに。どうにかして隣の地区に引っ越せないものか。あの頃の私は、そんなアホなことを考えてばかりいた。

「私、タケちゃんに会いたい」

彼女はさっきと同じ言葉を繰り返した。

沈黙に耐えられなくなったらしい。仕方なく私は口を開いた。

「もう原宿着くけど」

「それはあと回し」

あと回し、ということは原宿を諦めたわけではないのか。今となれば原宿で頭いっぱいにしていてくれたほうがマシだった。タケちゃんに会いたいだなんて。そんな恐ろしい願いを口にされるとは。頭に描いていた「願いを叶える」とは全く異なる願いばかり、もう一人の私は口にする。私が求めているのは、ファミレスの時のような、お互いに気持ちよくなれるやつなのに。昔の自分なのに何を考えているのかさっぱり分からない。予想できない動きばかり見せるヒトミにうんざりしていた。

「会いたいって言われても」

どこにいるか知らないし。私はぼそりぼそりと言った。我ながら呆れるほどの歯切れの悪さである。もちろんヒトミは引きさがらない。

「誰かに聞けばいいじゃん」

不機嫌なヒトミの顔にはぽつりぽつりとニキビができている。気になっていじくったのだろう。額と顎の下は白く膿《う》んでしまっている。

矯正器具のせいでできる口内炎。治らないニキビ。赤くなったソックタッチ跡。私の中学時代は常にジクジクとどこかが痛んでいたように思う。

「なんか調べる方法あるでしょ」

ヒトミに詰め寄られて、ぐぐと声が漏れた。

「やっぱりあるんじゃん」

こういう時にうまく誤魔化せない自分を呪う。もう一人の私は、私のことをなんでもお見通しのようである。電車が原宿に到着したので、とりあえず私たちはホームのベンチに腰掛けることにした。

「一応フェイスブック見てみるけど」

期待するなと念を押してからしぶしぶスマホを取り出す。半年ほど前、玄関先で落としたせいで画面はバキバキに割れている。それをヒトミに小馬鹿にされたが、無視して見えづらい画面をタップし続けた。

私はSNSの類が不得意である。苦手なのではない、あくまでも不得意なのだ。ツイッターもフェイスブックもインスタグラムも一通り登録してはいるが、自分から何かを発信することはない。何を書いていいかさっぱり分からないのだ。

日常を断片的に切り取って、上辺だけの幸せをひけらかす。その絶妙な塩梅《あんばい》が分からないのである。悲観的なことを書き込まないだけで、SNSを使いこなす彼女たちにだってそれぞれ悩みはあるだろう。頭では分かっている。それなのにいちいち誰かの投稿と自分を比較して落ち込み、やさぐれ、小馬鹿にするのだ。

自慢ばかりする人間は嫌われるはずなのに、どうしてネットの中なら許されるのだろう。

前に橋詰さんにこのことを話したら「そんなに不満ならば、やらなければいいだろ」と呆れられた。自分でもそう思う。でも退会はしない。かろうじて人と繋がっている、その安心が欲しいのだ。見せかけだけの繋がりだと重々分かっているのに。大半の人間とは、もう何年も会っていないのに。そして、これから何年経とうが会うつもりもないのに。何も良いとは思っていない知り合いたちの書き込みに無表情で「いいね！」を押すのをやめられないのである。

あっけないくらい簡単に、タケちゃんを発見することに成功した。

私がしたことは検索バーに「た」「け」の二文字を打ち込んだだけである。その二文字だけでフェイスブックは彼女を見つけ出した。そして「知り合いかも?」と私に投げかけてきたのである。知り合いどころか一度は親友であった女性は、都内のインテリアショップで働いているらしい。勤め先だけで、そのお洒落《しやれ》感に圧倒されてしまう。ものの数秒で、相手の職場や住んでいる場所を突き止められてしまう。ちょっとだけ怖くなったが、別に私なんかを調べる人間はいないだろう。私は恐怖心を自虐で吹き飛ばす。

原宿からタケちゃんのお店まで、そこまで距離もないようなので、歩いていくことにした。ヒトミは黙って後ろをついてくる。だらだらとけだるく、できるだけゆっくりと私は歩いた。

私はこっそり期待していたのだ。歩いているうちに十四時となることを。そして一歳年をとったヒトミの願いが、ころりと変わることを。

タケちゃんのお店は表参道の端にあるようである。

　ふと頭にタケちゃんから届いた可愛らしい封筒が蘇った。そこに書かれていた住所は、たしか港区とか青山とかだった。その字面に私は、ひたすらかっこいいと慄《おのの》いたのである。

　背後を歩いていたヒトミに追いつかれて、横並びになる。身長はもうほとんど変わらない。横目で彼女を見やる。たしかに野暮ったくはあるけれど、改めて見ると中学の制服はそんなに悪くなかった。着るものより人なのだな。そんな身も蓋もないことを考えていると、

「ねぇ、なんで文通やめたの」

　ヒトミの質問が飛んできた。

「そんな昔のこと、覚えてない」

「嘘だね」

　彼女は力強く断言してから、頬を緩めて矯正器具を露わにした。

「どうせあんたが返事しなくなったんでしょ」

「覚えてないって」

　短く返事をして、私は口をつぐむ。

　図星だった。

ヒトミが言う通り、タケちゃんとの文通をやめたのは私である。原因はタケちゃんが携帯電話を買ってもらったことだった。

「ひとみも早く携帯買ってもらいなよ」

そんな一言と共に、タケちゃんは手紙に電話番号とメールアドレスを書いて寄こしたのである。

私は青ざめた。手紙が届いたその日、私はちょうど親に携帯を買い与えられたばかりだったのだ。メールアドレスなど交換したら、頻繁にやりとりをしなければならない。それが私には憂鬱で仕方なかったのである。

憂鬱さは私の筆を重くした。

便箋と向き合っても、タケちゃんへの返事が一文字も書けない。手紙を書こうとしていない時も、ふとした瞬間にタケちゃんの笑った顔と爽やかな水色が頭に浮かんだ。返事が書けぬまま、憂鬱な時間が流れていった。

数カ月が経ったある日。私は手紙を書くことを諦めた。そしてタケちゃんと友達をやめることを決意したのだった。その決意は無駄に固かった。私は彼女から貰った手紙を全部捨ててしまったのである。捨てた場所は交換日記を捨てたコンビニのゴミ箱だった。

「ていうかさ、会ってどうすんの」

今度は私がヒトミに質問することにした。

彼女に流されてここまで来てしまったが、考えてみるとインテリアショップに着いてから何をするのかさっぱり分からない。ヒトミは顎下のニキビを触りながら「ん」と首をかしげた。

「決まってんじゃん、謝るんだよ」

「急にアンタに謝られても困るでしょ」

「いや、私じゃなくてあんた」

彼女はこちらを指さしてから「あ、あんたは私か」と、けらけら笑った。しばらくぽかんとしていた私は、やっと言葉を絞り出した。

「え、嫌だよ」

ヒトミはニヤつきながら、ニキビをいじり続けている。我ながらあっぱれな、腹立たしい顔である。

「なんで私が謝るわけ？」

「悪いことしたら謝るのは当たり前でしょ」

「今更そんなことしたって手遅れだし」

「いいから早く行くよ」

「嫌だって」

私は歩みを止めて、その場にうずくまった。口では勝てなそうなので、全身を使い抗議する。ヒトミは呆れ返り、わざとらしく溜息《ためいき》をついた。いつの間にか立場が逆転して、私が駄々っ子みたいになっている。うずくまった私をヒトミは腹立たしい顔のまま見下ろしている。

「情けないなぁ、大人のくせに」

大人じゃないし。心の底から、そう反論したかった。でも十三歳からしてみれば、いや、世間一般的にも二十四歳は大人だ。前々から思っているのだが、成人するタイミングを年齢で決めるのはどうなのだろうか。二十四歳の私は確実に十三歳のニキビっ子よりダメダメである。個性とかオンリーワンとか、そんなものが尊重されるならば、いつ大人になるのかも、それぞれ決めさせてほしいものだ。

「あんたといて確信したよ」

スカートを押さえながら、ヒトミは私の隣にしゃがみ込んだ。

「私が完全にひねくれた原因はタケちゃんに酷いことしたからだって」

ヒトミの前髪が生ぬるい夏風に揺れている。

「原因と向き合えば何か変わるかもしれないじゃん」

熱く語られている間、私は彼女の黒髪を見つめていた。まだ一度も染められていない黒髪は艶やかだ。脱色やカラーを繰り返してきた私のものとは違う。同じ黒髪なのに、ここまで違うんだなあ。分かりやすい現実逃避である。そんなふうに気をそらしていないと、彼女の言葉を受け止められなかったのだ。ヒトミの言っていることは正論だ。言い訳が思いつかないということは、逃げる方法がないということである。だんだん抵抗することが面倒になってきていた。

「そろそろ行こうか」

のそっと立ちあがり、私たちは再び歩き出した。

インテリアショップは雑居ビルの二階にあった。

ミミズクはうすのあるビルと良い勝負の寂れ具合だったが、エレベーターを降りると空気は一変した。

大きな窓からは陽《ひ》の光が降り注ぎ、漆喰《しっくい》の壁を照らしている。寄木張りの床は年季が入り、深みのある色合いをしていた。展示されたソファや照明、コースターやシュガーポットに至るまでお洒落で埋め尽くされている。

「カフェのご利用ですか」

カウンターの奥から声だけが飛んできた。インテリアショップと同じ空間でカフェも営業しているようである。緊張してうまく口が回らない私に代わってヒトミが「はい」と返事した。

「お好きな席にどうぞ」

言われるがまま、完全に場違いである私とヒトミは空いている席に腰掛けた。よく見ると置かれたクッションやカーペットにも値札がついている。カフェスペースで実際に使い心地を確かめられるシステムらしい。隅々までお洒落だ。カウンターから「少々お待ちください」と声だけが聞こえてくる。それがタケちゃんなのか、残念ながら私には判断できなかった。ヒトミは額のニキビを隠したいのか何度も前髪をいじっている。店に入った途端、彼女は口数が少なくなっていた。

「なんか緊張するね」

私が耳打ちしてもヒトミは相槌ひとつ打ちやしない。メニューを睨みつけたまま「紅茶が千円ってやばいね」とか「ノンカフェインってなんだよ」などと、ぶつぶつと一人で呟いている。現実からすぐ目をそらす癖はこの頃からららしい。メニューはすべて手書きだった。そこに書かれた文字（特に「本日のおすすめ」の「す」とか「め」とか）には見覚えがあった。ここがタケちゃんの店であることは間違いないだろう。

「お待たせいたしました」

注文を取りに来たのは、お洒落から生まれてきたような太眉の女の子だった。背が低いのでタケちゃんでないことは確実である。私はすぐ店内を見まわした。店員は彼女だけである。どうやら今は店にいないらしい。ここまで頑張ったのだ。残念な結果だが、ヒトミもきっと納得するであろう。彼女との闘いに勝った気がして、ほくそ笑む。だが十三歳の私は一枚上手だった。彼女はなんの迷いもなく、まっすぐに尋ねたのである。

「タケちゃんいますか？」

紅茶とかケーキという単語が飛び出すと思い込んでいた店員さんは目をパチクリとさせて、それに合わせて太眉を上下させた。

「店員さん困ってるじゃん」

諦めの悪い子だ。うんざりしすぎて言葉の端々から苛立ちが漏れてしまう。

「ここまで来たんだから確かめたいでしょ」

十三歳の私は不満そうに口を尖らせている。

「お店の中、見りゃ分かるでしょうが」

「なんで怒るの、ただ聞いただけじゃん」

口論が激しくなりかけた時であった。

「もしかしてオーナーのことですか」

私たちのやりとりを眺めていた太眉ちゃんが尋ね返してきた。

「なら、バルコニーにいますよ」

彼女の目線を追って、窓外を見やった。バルコニーは植物に囲まれている。そんな緑の中にジョウロで水をあげている女性がいる。

間違いない。タケちゃんだ。

全身から溢れるお洒落オーラは店の雰囲気ととてもよく馴染んでいた。大人になった今も彼女は私なんかよりずっと大人っぽい。黒いマキシワンピースとベリーショートが驚くほどよく似合っているし、シンプルな黒ぶち眼鏡が妙に可愛く見えた。

「何か御用ですか？」

タケちゃんはお腹を庇《かば》うように、ゆっくりと私たちのテーブルにやってきた。彼女は細身の体に不釣り合いな大きなお腹を抱えている。私たちは二十四歳だ。大人だ。

結婚していたって妊娠していたって何もおかしくない。フェイスブックだって、いつも赤ん坊の写真や結婚式の写真が乱立している。それなのに私は自分でも驚くほどショックをうけて、何も言葉を発することができずにいた。不思議そうに首をかしげる彼女にヘラヘラと笑みを浮かべることしかできない。

「タケちゃんですよね？」

第一声を発したのは、ヒトミだった。ニキビだらけの女子中学生に話しかけられて彼女は一瞬たじろいだが、笑顔で「はい」と返事をした。

「この人、ひとみです」

ヒトミに指をさされて、私はそれを払う。

「やめてってば」

「ひとみですよ、小学校の頃、転校しちゃう前に仲が良かった。ほら丸山くんのことをよく話したじゃないですか？」

ヒトミが勝手に正体をバラすので、私はもう目線を上げられない。メニューをじっと見つめることしかできない。タケちゃんと目を合わせるのが死ぬほど怖かった。

「ほら早く謝っちゃいなよ」

ヒトミが私の横腹を突く。こっちの気持ちなどお構いなしで、容赦がない。何年も前の出来事を今更謝るってことがどれだけ勇気がいることなのか、お馬鹿さんなヒトミには理解できないのだ。

「ごめんなさい」

驚き、顔を上げた。

私が言わなければならない言葉を、タケちゃんが口にしたからである。

「ごめんなさい、おぼろげには覚えているんだけど、はっきりとは」

申し訳なさそうにタケちゃんはペコリと頭をさげた。本当に謝りたいときのペコリではなく、早く話を切り上げたいときのペコリであることは明らかで、自分を棚上げして、私はちょっと悲しかった。

タケちゃんは消したんだ。

自分の記憶から、人生から。私や丸山くんのことを全部。私がこの十年そうしようとしてきたように。謝ることすら許されない。いや、謝る機会はいくらでもあったのだ。学校だって帰り道だって、文通でのやりとりだって。それを全部私は無駄にして目をそらして、そして深い傷を彼女に残したんだ。

「あ、全然気になさらないでください。そうですよね、十年以上前のことですし」

私は一気にまくしたて、横に置いていたリュックを手に取った。

「友達からお店のこと聞いて、ちょっと寄っただけなので」

ヒトミに目配せをするが、彼女は立ち上がらない。

「注文しないで帰るって失礼じゃん」

「全然お気になさらずに」と、今度はタケちゃんが口早にまくしたてる。彼女も気まずいのだ。きっと早く私たちに帰ってほしいだろう。

「じゃあ、失礼します」

ヒトミの手を引き、エレベーターへと急ぐ。エレベーターのボタンを連打していると、ヒトミが私を振り払ってタケちゃんに尋ねた。

「水色」

タケちゃんはきょとんと幼い私を見やっている。

「この店、水色っていうか、青いものが全然ないですね」

ヒトミの問いにタケちゃんは初めて表情を崩した。

「あんまり好きじゃないんです、青」

そう言って、彼女はいかにも取り繕いました、という笑顔を作った。

私のせいで嫌いになっちゃったのかな。あんなに大好きだった水色を。

エレベーターが開く。ヒトミの腕を強く引き、中へと引き入れる。しかしヒトミはさらに叫んだ。

「でも水色、似合うと思いますよ」

タケちゃんは笑うのも忘れて幼いヒトミを見つめている。なんでこいつ、思ったことを全部口に出せるんだろう。私なんかより、ずっと強くて大人じゃないか。そんなことを思いながら、もう二度と会うことはないだろう親友に私は再度頭をさげた。


「絶対覚えてたでしょ、あれ」

来た道を戻りながら、ヒトミは何度も同じことを繰り返した。

「そんなこと言っても仕方ないじゃん」

私は彼女と並んで歩きたくなくて、せかせかと前に進む。ヒトミが言うように彼女は私のことを覚えていたのかもしれない。しかし本当に忘れていようと忘れたふりをしていようと、私との思い出を彼女が消し去ったのは事実なのである。

「でもさ、ウケるよね」

ヒトミは「ケケケ」と嫌な笑い声をあげる。

「あんたは丸山くんを手に入れたけど、タケちゃんはあんたが持ってないものいっぱい手に入れてんだもん」

このクソガキ。

舌打ちをしながら私は「さすが私」と感心していた。今、私の考えていることと、ほとんど同じだったからだ。おかしな敗北感に私は打ちひしがれていた。タケちゃんはお洒落な街に合う素敵なお店、赤ちゃん、そして多分素敵な旦那さまを手に入れた。どれも私が思い描く「まともな大人」が持っているものばかり。

「どんまい」

ヒトミは私の両肩を何度も叩いた。昔の自分に慰められながら、私は歩き続ける。

「原宿、まだ行きたい？」

「当然でしょ」

「私全然詳しくないからね」

上京した直後、いたるところで散々遊びまくったが、なぜか原宿には近寄らなかった。テレビや雑誌を眺めて何度も脳内で原宿をシミュレーションしていたのに。

「そっか、タケちゃんか」

私は一人納得した。おぼろげに記憶が蘇る。タケちゃんから届いた手紙の住所を家のパソコンで検索したんだ。そしてそこが原宿に近いって知って、私は彼女と顔を合わせるのが怖くて、ずっと原宿を避けていたんだ。今も昔も、私は大馬鹿者である。私の数倍強くみえるヒトミも、きっといつか自分の愚かさに気づいて思ったことを口にできない私になるんだろうな。そう考えると小生意気な彼女が急に哀れに思えてきた。

「ねぇ」

私の肩をリズムよく叩きながらヒトミが言う。

「このあと、私にタケちゃんみたいな親友ってできるの?」

私は「親友」という言葉に「原宿」と同じような甘ったるく痛々しい響きを感じながら首を横に振った。

「今のところはゼロ」

「まじか」

ヒトミは肩を叩くのをやめた。今までで一番落ち込んでいるようである。

「でもその代わり、丸山くんとは付き合えるよ。三回も」

「三回って」

「二回別れるけど、全部ヨリが戻るからさ」

振り返ると、ヒトミはなんともいえない微妙な顔をしている。

無理もないか。

この先十年間、上辺だけの友達しかできないって言われた挙句、初恋の相手と離れたりくっついたりを繰り返してるって宣言されたんだから。

口をつぐんでいたヒトミは、しばらくして「あんたって残念だね」とボソリと呟いた。

その通り。私は残念な女だ。

私はポケットをまさぐり、バキバキにひび割れたスマホを取り出す。

ほら。その証拠に、誕生日が半分過ぎたというのに誰からも「おめでとう」というラインも電話もない。自虐的にほくそ笑んだ、その時である。手の中のスマホが振動し、着信を伝えてきた。

「げ」

思わずスマホ画面を遠ざける。画面に表示されたのは、今一番見たくない、あの人の名前だったから。

捨てちゃえよ、ひとみ

15:00

辻本《つじもと》先輩との出会いは高校一年の春。

彼はバイトの先輩だった。私は高校入学と同時に、地元のドーナツ屋で働き始めたのである。チェーン店であるその店は、割と家から近くて、割と時給が良く、割と制服が可愛かった。

その頃の私は、ずっとモヤモヤしていた。

主な原因は丸山くんである。中学三年間、私は『丸山くんの彼女』の座を保持することに成功した。中学時代の彼はトップ3とまではいかないけれど、クラスでそれなりの地位に居続けていた。私はことあるごとに丸山くんの彼女ポジションをひけらかした。周囲にラブラブっぷりをアピールした。けれど、実際は彼との仲はたいして進展していなかったのである。二人ですることといえば、互いの部活がない時（彼は美術部、私はバドミントン部）に遊びに行き、手を繋ぎ、たまに隠れてキスをするくらい。

最初はそれで満足だった。タケちゃんとの交換日記に書き殴っていた恋愛ごっこが、いつの間にか本当の恋愛に進化を遂げたのである。周りより一歩先に大人になったみたいで気分が良かった。

でもすぐに私は知ることになる。

人間の欲望は海水と一緒。飲めば飲むほど喉が渇くってことを。

丸山くんを手に入れたあとも、私の中で「好き」がどんどん膨らんでいった。シャーペンや携帯ストラップの何気ないお揃いが嬉しかったり。メールの絵文字の数で一喜一憂したり。私は彼にも同じようになってほしかった。私のことで頭からつま先までぱんぱんにしてほしかったのである。

でも三年間、丸山くんの中で私の占める割合は決まっていた。私の体感では、全体の二割程度だった。部活：三。勉強：二。友達：二。その他：一。そんなカテゴリーのひとつでしかなかった。マイナスになることはなかったが、彼の「好き」は一定だった。それがどうしても許せなくて、私の「好き」の中に「不満」が、果粒入りジュースみたいに交ざっていった。

そんなつぶつぶジュースにとどめを刺したのは、高校受験である。

当然のように丸山くんと同じ志望校を選んだ私だったが、突きつけられたのは「不合格」通知だった。偏差値の壁により、私と丸山くんは離ればなれになってしまったのである。

勘違いしてほしくないが、私にとどめを刺したのは不合格の事実ではない。丸山くんとの学力の差は中学三年間で何度も思い知らされ済みである。第三志望の高校に滑り込んだ時も、自分の能力には、この学校がお似合いだと納得もした。そんな私を絶望の淵《ふち》に追いやり、「好き」にまぎれ込んでいた不満を爆発させたのは、丸山くんの一言であった。

「高校が別で、何か問題ある？」

丸山くんが私と高校が別になったことをたいして悲しんでいないこと。それが私を大層傷つけたのである。

「放課後とか休みの日とか、会う回数は変わらないって」

不貞腐れている私を慰める彼の言葉が、さらに心に波風を立てた。

馬鹿じゃないの、そんなわけないじゃん。だって一緒に帰ろうって誘うのも、デートの計画をするのも、今まで全部私だったのだから。中学三年間、顔を合わせるたびに隙あらば私は彼を誘い続けてきた。それを今度からはメールや電話で、いちいちお伺いを立てなければならないのだ。絶対今まで通りになんてならないに決まっている。

なんてことを大好きな丸山くんに言えるはずもなく、私は「でも寂しいじゃん」なんて可愛い子ぶることしかできなかった。私が考えすぎているだけ。きっと杞憂《きゆう》に終わるはず。そう願っていたが、悪い予感は的中してしまう。

いざ高校生活がスタートすると、彼と会う機会は目に見えて減っていった。メールの返事も遅い。電話をかけても出ない。折り返しもない。会う約束をしても、何かと理由をつけて先に延ばされることが多くなった。

あぁ、やっぱり。幾度となく雑誌や漫画で目にした言葉が脳裏に浮かぶ。

「これが自然消滅ってやつなのね」


「いや、丸山くんのことは知ってるから」

うんざりしながら、ヒトミは忙しなくナイフを動かす。刃が皿にあたり下品な音を立てた。

「その辻本ってやつについて聞いてんだよ、私は」

かなり大きめにカットしたパンケーキに生クリームとマカデミアナッツのソースをたっぷり絡めると、彼女は一口でそれを頬張った。

念願の原宿へとたどり着いたヒトミは「まずは三時のおやつにしよう」と、私に訴えてきたのである。またひとつ年をとって十五歳となったヒトミは、十四歳の時と容姿はさほど変わらない。しいて変わったところをあげるとすれば、制服のスカートのお尻がテカテカと光っていること。それと矯正器具が外れたことくらいだろうか。外れたといっても治療が終わったわけではない。器具の間に溜まるカスや口内炎に耐えられなくなって途中で治療をやめただけである。辛抱が足りなすぎる当時の私のせいで、私の歯並びは中途半端だ。一見整っているが、覗き込めば上も下もガタガタである。

「早く！　なんか甘いもの食わせろよ」

こいつ朝からずっと食べてばっかだな。そう呆れながらも私は反論しなかった。タケちゃんの一件と、辻本先輩からの着信で私の思考回路はショート寸前だったのである。クレープとパンケーキどちらがいいか尋ねると、ヒトミはしばらく悩んだあと「どっちが友達に自慢できる？」と質問を返してきた。自慢という発想が実に自分らしいなと苦笑しながら、私はパンケーキ屋に彼女を連れてきたのである。考えてみればファミレスでもパンケーキを食べたのだった。私がやっぱりクレープにするかと尋ねると「ううん、ここでいい」と店の外観を眺めながら言った。彼女は店前に行列ができているのを見て、満足そうだった。食べるものよりも、人気さが彼女には重要らしい。平日ということもあり、そこまで待たずに席に着くことができたが、その途端

「さっきの電話の相手は誰なんだ」と質問責めにあっているのである。話を遮られて、私は小さく舌打ちをした。

「あのね、物事には順序ってものがあるんだよ」

ヒトミは鼻で笑う。

「はいはい、じゃあさっさと続けて」

完全に私をナメ腐っている彼女は生クリームをスプーンですくい上げた。カロリーの塊を彼女は次々と胃袋に収めていく。見ているだけで胸やけを起こしそうだった。げんなりしながら私はフェイスブックにパンケーキとラテアートが施されたカフェラテの写真をあげる。誕生日だというのに散財させられっぱなしなのだ。少しくらい女子力を周りにアピールしたって罰は当たらないだろう。スマホをしまうと私は話を戻した。

「丸山くんと別れるのは嫌だった。でも彼にすがりついたり、周りに同情されるのはもっと嫌だった」

頬袋を作りながら、ヒトミは相槌を打つ。

「だから決めたの。フラれる前にフッてやる。それで私は出会いを求めて、バイトを始めたの」

ヒトミは「は?」と、小首をかしげた。

「なんでわざわざ? 高校で見つけりゃよかったじゃん」

「だって丸山くんの高校よりワンランクもツーランクもレベルが低い高校なんだよ」

言葉の意味が理解できないのか、彼女の眉間にしわが寄る。

「だから、その中から選ぶって時点で彼より劣ってる男に乗りかえるってことじゃん」

やっと意味を理解したらしく、ヒトミが声をあげて笑う。

「アホくさ」

生クリームでいっぱいの口の中が丸見えだ。汚いなぁと怒りたかったが、ぐっとこらえた。

アホくさいってことは自分でも重々承知している。過去に戻れるならば、過去の自分を正したい。新たな出会いのため、そして今まで丸山くんに費やしてきた時間をつぶすための方法として、バイトを選ぶのは間違っている。というか真面目に勉強して高校に合格しろ、ニキビはつぶすな、歯の矯正をやめるなと、いろいろもの申したい。

だがそれは無理な話だ。それにしても中学の頃の私って、こんな不躾《ぶしつけ》なやつだったのか。育ちの悪さが顔に出るとは正にこのことである。

「言っとくけど、全部、一年後のアンタがすることだからね」

十五歳のヒトミにチクリと言ってやったつもりだったが効果ゼロのようだ。彼女はクリームを舐めることに夢中だ。カップの中のラテアートをスプーンで崩しながら私は嘆息《たんそく》する。あの頃の記憶を掘り起こすのは気が重い。辻本先輩との出来事はタケちゃんに続き「三大消し去りたい過去」のひとつなのだから。


今思い出しても寒気がするくらい、私のバイトデビューは惨憺《さんたん》たるものだった。どうやらツキのなさは天性のものらしい。

その日、ドーナツ屋では百円セールが行われていた。ふわりと漂う油と砂糖の甘い香り。与えられた帽子とエプロンに心浮かれたのは、ほんの束の間。私はすぐに店内を埋め尽くすお客さんに圧倒され、人酔いをした。レジ前の行列が絶えることはなく、飛ぶようにドーナツは売れていく。ひと息つく暇もなく動き続ける先輩店員たちの額には汗が滲んでいた。

『あぁ、思ってたのと違う』

私は自分の考えの甘さを痛感していた。和気あいあいで、のびのびしてて、きゃっきゃとして、端的に言えばもっと楽な仕事を想像していたのである。完全にドーナツ屋でのバイトをナメていたのだ。テキパキと周りが仕事をこなす中、私は何をしていいか分からず、キッチンの奥で息をひそめることしかできない。

「今日は見ているだけでいいから」

社員さんやバイトのメンバーは優しかった。バイト初日なのだ。今考えれば使えなくて当然なのである。なのに、何を思ったのか当時の私は「いいところを見せなくては」と無駄にはりきってしまったのだ。第一印象が良ければ、将来の彼氏候補にアピールできるかもしれない。愚かな私は頼まれもしないのにキッチンから飛び出し、ドーナツの棚の前に立った。

「ちょっとお姉さん」

すぐさま順番を待っていたおばさまに声をかけられた。私が返事をする前に彼女は

「フレンチクルーラー」と、いかつい宝石のついた指でドーナツを指さした。

「ココナツチョコレート、オールドファッション、アップルパイ、レモンパイ、カスタードホイップ」

おばさまは次々商品を指さしていく。

「しょ、少々お待ちください」

箱を組み立てることに手間取り、すでに私は注文を何個か聞き逃していた。

「あ、今のパイ以外全部、三つずつ」

こちらがテンパっていることなど知るよしもないおばさまは注文を続けていく。箱にドーナツを縦に並べて詰めていくが、気を抜くと中でドーナツが倒れてしまう。ドーナツにつぶされたパイがぽろぽろと崩れて箱を汚す。注文を終えたおばさまは、やっと私のトロさに気づいたらしく、あからさまに不機嫌そうに顔を歪めた。列に並び、注文するまでも散々待たされたのである。これ以上は一秒たりとも待たされたくないのだ。沈黙が怖くて、私は「少々お待ちください」を何かの呪文のように繰り返した。焦れば焦るほどドーナツが倒れ、箱の中は滅茶苦茶になる。ドーナツが人間ならば悲惨な殺害現場といったところである。美味しそうとはお世辞にも言えない状態だ。強く摑みすぎて、ドーナツの中からにゅっとカスタードが飛び出した。新しいものと取り換えなきゃ。

手を伸ばした瞬間、足がもつれた。必死でふんばり、体勢を保つ。なんとか転ばずに済み、ほっとしたのと同時だった。箱の中のドーナツが宙を舞ったのは。

おばさまが悲鳴のような怒声のような叫び声をあげている。

ベチャッベチャッ。床にへばりつくドーナツだった物体を眺めながら、私は考えていた。どうすればここから逃げ出せるのかを。今すぐに店を飛び出して部屋に引きこもりたい。自分の電源をオフにして眠りたい。泣いていいよと言われれば、三秒で泣きじゃくれる自信があった。そんな私の肩をそっと摑み、背後から現れたのが辻本先輩だったのである。

「大変失礼いたしました」

辻本先輩は深々と頭をさげると、床でつぶれる物体を一瞥《いちべつ》して、注文内容を把握すると、新たなドーナツを箱詰めし始めた。彼は隙間なくドーナツを並べながら、トングで挟んだドーナツの名を口にする。

「フレンチクルーラー、ココナッツチョコレート」

商品名を言っているだけなのに、妙に先輩の声は色っぽかった。ぽかんとその様子を眺めていたおばさまと私は、いつの間にか彼の声に聞き惚《ほ》れていた。

「ほかにご注文された商品はありましたでしょうか？」

おばさまは返事をするのも忘れて、辻本先輩の顔を見上げていた。私にぶつけられるはずだった文句は「いえ、結構よ」という微笑《ほほえ》みに変わり、おばさまはそのまま会計を済ませて店を出ていったのである。我に返り、床に落ちたドーナツをかき集める私を、辻本先輩は優しく立ち上がらせた。

「奥に戻ってな」

促されるままキッチンへと引っ込んだ私が、すっかり彼に心を奪われたことは容易に想像がつくだろう。辻本先輩がいなければ最低最悪なバイト初日を乗り越えることはできなかった。そのまま家に帰り、二度とドーナツ屋には近づかなかっただろう。先輩がいるなら、もうちょっとバイト頑張ってみようかなと、単純すぎる十五歳の私は思ったのである。

辻本先輩のことを説明するのは難しい。

二つ年上で背は百七十七センチ。当時の彼は癖のある髪を渋めの茶色に染めていた。鼻筋が細く、唇が薄い。猫っぽくて少しきつめな目は、笑うと細くなり、ぐっと柔らかい印象となる。外見だけならば、ちょっとかっこいいお兄さん止まりだろう。

でも、彼は何かが人とは違う。すれ違いざま、目で追ってしまう。視線が重なれば、思わず微笑んじゃう。飲み会で端っこの席にいても気がつくと話題の中心にいる。人混みにいても、スポットライトを浴びているみたいに浮き出てしまう。当然モテる。自信に満ち溢れている。なのに、嫌味じゃない。どう振る舞えば、自分が最大限、魅力的に見えるのか、きちんと知っている。何かに例えろと言うならば、素材の良さを最大限に引き出すのが売りの、銀座あたりにある割烹《かっぽう》料理屋さん。それが辻本先輩という人なのだ。

「先輩って、どこにいても場違いですよね、いい意味で」

バイトを始めて数カ月が経ち、仕事に慣れてきた頃だった。私がそう言うと、店内を清掃しながら先輩は軽く笑った。

「いい意味で、ってつければ何言っても許されると思ってるでしょ、ひとみちゃん」

「違います、本当に褒めたんです」

私は必死に弁解をした。ドーナツ屋に限らず、彼がどんな場所に立っていようとも「どうしてこんな素敵な人が、こんなところに」と思わずにはいられない。そんな魅力が彼にあると、当時は本気で信じていたのだ。

「ひとみちゃんって、なんか面白いよね」

仕事に慣れたといっても、私はいつまで経っても手際が悪く仕事が遅かった。相変わらず愛嬌《あいきょう》もなかった。だから当然、バイト仲間から言い寄られることもなく、むしろ嫌われていたように思う。そんな私をいつもフォローしてくれたのが辻本先輩である。彼は何度聞いても嫌な顔せずにドーナツの箱詰め方法を教えてくれた。言葉足らずでオチのない話を辛抱強く聞いてくれた。それが嬉しくて居心地よくて、私は彼と同じ時間帯にシフトを組んでもらうようになった。丸山くんのメールの返事は相変わらず遅く、もう何週間も会っていなかったが、そのことでモヤモヤすることはなかった。


「で、あんたはいつ、辻本先輩にフラれたわけ？」

　ヒトミは皿に残っていた生クリームを丁寧に指で拭い、それをしゃぶっている。

「何その言い方」と憤慨すると、彼女はしゃぶっていた指で偉そうに私を指さした。

「散々、現実を見ろって言ったのはあんたでしょ」

　言い返せずにいる私に、彼女はさらに言葉を吐き続ける。

「さすがに中三になったら現実、見えてるから。顔面偏差値理解してますから。一年後の私が、そんな雰囲気イケメンに相手にされるとは思えないし」

　卑屈さを手に入れて、十五歳のヒトミはどんどん今の私に近づいている。たしかに現実を見ろと言ったのは私だ。けど、いざ本当にそうされてしまうと少し悲しい。自信満々の自分のほうが、まだ可愛げがあった。「若いのだから、もっと自信持って頑張れよ」って、私が言われたら死ぬほどむかつく言葉をつい言いたくなってしまう。

「あんたはフラれて落ち込んで、丸山くんにすがりついた。大体そんなシナリオでしょ」

謎はすべて解けた。とでも言いたいのだろう。名探偵気取りのヒトミは得意げに鼻の穴を膨らませている。

「そうだったら、よかったのにね」

私はカフェラテをスプーンでかき混ぜ続けていた。喋り続けて、喉が渇いているはずなのに、なぜか口をつける気にならなかった。推理が外れたと悟ったのか、ヒトミは私の顔を覗き込む。

「なら、もったいぶらないで教えろよ」

彼女の息が顔にかかり、微かに生クリームとマカデミアナッツの匂いが漂う。甘ったるく香ばしい香りが、あの日の景色を鮮明に蘇らせていく。


雨が降ったせいか、その日はいつもよりお客さんが少なかった。この頃から私は晴れより雨が好きになっていた。理由はもちろんバイトが暇になるからである。社員さんに箱詰めが綺麗にできたと褒められて気分がよかったのを覚えている。バイトを終え控室に戻ると、そこに辻本先輩が立っていた。

「今日はもう上がり？」

私は頷きながら、胸中でガッツポーズを取っていた。辻本先輩と二人きりで話せる。それだけで当時の私は浮かれることができたのだ。

「先輩、今日バイトないですよね」

顔がニヤけないように必死だったが、彼は私ではなくシフト表に目を向けていた。

「うん。これ確認しに来ただけ」

先輩は細身の黒いコットンパンツに、薄手で丈の長いモッズコートを羽織っている。コートにはいくつもの染みができており、雨が強くなってきたことが容易に想像できた。せっかく二人きりだというのに、私は何を喋ればいいか分からなかった。バイトならば仕事の質問をすれば間が持つのに。そういえば私は先輩の好きな音楽や趣味を知らない。いや、バイト中の彼以外のことは何も知らないのだ。それを実感して、ちょっと凹《へこ》みながら、私は彼の雨染みを数えていた。そんなことしかすることがなかったのだ。

「あ」

染みを追って視線を下にずらすと、ある物が目に入った。彼のポケットからイヤホンが垂れさがっている。今にも地面に落ちてしまいそうだった。咄嗟に私は辻本先輩の横にしゃがみ込み、それを拾った。

「これ」

イヤホンのコードを丸めて辻本先輩に差し出した。彼は愉快そうに喉の奥を鳴らした。

「なんでしゃがんだの」

先輩にツッコまれて「さぁ」と、私は誤魔化した。本当は彼の横に並ぶのが恥ずかしかったのである。先輩はクスクスと笑い続けていた。次第に恥ずかしさが込み上げてきて、私はぶっきらぼうに彼に手を突き出した。

「受け取ってもらっていいですか」

「あぁ、ごめんごめん」

辻本先輩は目を細めると、ゆっくり身をかがめた。シフト表から離された彼の右手はイヤホンではなく、私の頬に伸ばされた。先輩の手は温かくて、乾いていた。

「え？」

戸惑い、先輩の名前を呼ぼうとした途端、唇を塞がれた。

辻本先輩が、私にキスしている。

頭が真っ白だった。

「あの、せんぱい」

「キスしてる時に喋るなって」

先輩は私の頰を軽くつねった。囁《ささや》き声はいつもより低い。彼の舌がゆっくりと上唇を伝っていく。

私はもうされるがままだった。

辻本先輩に顎を持ち上げられ、唇を食《は》まれる。正直に白状すれば、この光景を何度か妄想したことはあった。妄想はすべての人類に許された娯楽である。でも想像よりも先輩の舌も唇も柔らかく、こそばゆく、気持ちよく、私が知っているキスとは何かしら何まで全く別物だった。

「俺がいつバイト入るか、気にしててくれたんだね」

そう言いながら、彼は唇を離す。私は呆《ほう》けたままバランスを崩し、尻もちをついた。

「いいね、その反応」

辻本先輩は犬か猫でも撫でるように私の髪をわしわしと乱してから、私を引っ張り上げた。

「さ、着替えて。早く帰ろう」

帰ろうって、どこに。

そう聞きたかったが黙ってロッカーを開いた。お尻に鈍い痛みを感じながら、私は床でつぶれたドーナツを思い出していた。


そこまで話し終えても、ヒトミは黙ったままだった。

こちらと目を合わそうとせず、人差し指で空になった皿をなぞり続けている。この反応は予想外だ。「それで、辻本先輩とやっちゃったの?」とか。「えろい」とか「ヤバすぎなんですけど?」とか。下品に喚《わめ》きまくると思っていたのに。ヒトミは口をつぐんで急に大人しくなってしまった。

彼女の指が這うたびに皿がきゅっきゅっと鳴き声をあげる。パンケーキとクリームが姿を消したそれは、白く光って照明を反射していた。

このまま話を進めていいものか分からず、私はカップに口をつけて生ぬるい液体を流し込む。

微かに残っていたミルクの泡が、唇に貼りつき気持ち悪い。紙ナプキンで口元を拭いながら前に座るヒトミに目配せしてみるが、彼女は無反応である。耳を澄ませているせいか、客たちの声が急に大きく聞こえてくる。そのどれもが楽しげで、なんだか腹立たしい。

化粧もせず、どうしようもない格好をしている本日誕生日の私と野暮ったい女子中学生。

私たちは、この街の中で明らかに浮いていた。

別に誰も私たちなんて見ていないのは分かっている。それでも自分の中から湧き上がる羞恥心を抑えることができなかった。こんなところに長居していたら、ただでさえ小指の先ほどしかない自尊心が消え去ってしまう。私には、橋詰さんがいるミミズクはうすがお似合いなのだ。とにかく一刻も早くここから脱出しなければ。

「会計、しようかな」

独りごちながら、レジに目を向けた途端、視界が揺らいだ。ありえないことが起きたのである。

レジ横に立っていたその人は、二つボタンのストライプスーツを着こなしていた。ブルックスブラザーズとかキートンとか、きっと私の家賃と同じくらいするお高いものだろう。こんなものをさらっと着こなして店内の注目をかっさらっても平然としていられる人物を、私は一人しか知らない。

辻本先輩である。

ありえない。こんなことが起こるはずない。夢か何かだと思いたいけれど、さっきから心臓が握りつぶされたように鈍く痛んでいる。まっすぐ私のほうに歩いてくる先輩は「なんだ」と、昔と変わらぬ癖毛をかき上げた。

「てっきり一人でいるのかと思った」

先輩は目を細めてヒトミに会釈したが、彼女は皿をなぞる手を止めようとしない。小娘の失礼な態度を、彼は特に気にする様子もなく、隣のお洒落女子二人組のテーブルから椅子を借りて(お洒落女子は笑顔で椅子を差し出した)私たちの間に座った。彼からは、昔から変わらないシャンプーの香りがする。たしか馴染みのヘアサロンで買っているものだ。あの日、家に帰る前に浴びたシャワーを思い出して、腿《もも》の内側がぞわぞわする。長い脚を組み、ひと息ついてから彼は静かに言った。

「お誕生日おめでとう、ひとみちゃん」

先輩はいつもそうだ。目の前にいる相手に何が足りていないのかすぐ見極めてしまう。

私は改めて痛感していた。ずっと誰かに『おめでとう』という言葉を言われたかったのだと。

にんまりと頬が緩みそうになったが、慌てて顔全体に力を込める。

「先輩、どうしてここが？」

辻本先輩は胸ポケットに指を滑り込ませた。出てきたのはスマホである。画面はひび割れていないどころか、指紋汚れひとつない。

「だって構ってほしそうにしてたじゃん」

画面にはラテアートの写真と店名が映し出されている。先ほど私がフェイスブックに投稿したものだ。ちなみに「いいね」は、ひとつもついていない。先輩はこれを見て、わざわざやってきたらしい。

「これって誕生日祝ってアピールってことでしょ？」

「別にそんなアピールしてませんよ」

ムキになる私を面白そうに眺めながら、彼は店員さんに向かい、手を上げた。

スーツの袖から現れた彼の手首には、これまたお高そうな（下手したら私の年収くらいしそうな）腕時計がつけられている。いちいち身につけているものが目に入ってしまうが、別に先輩は見せびらかしているわけではない。私にとっての高級品は、彼にとって日常品なのである。

明らかに私の時より愛想が良くなった店員さんに、先輩は紅茶を茶葉まで指定して注文した。去っていく店員さんを笑顔で見送り終えると、彼は頬杖《ほおづえ》をつき「で」と、口を開いた。

「この子は、妹さん？」

突然現れた過去の自分なんです、と言うわけにもいかず、迷った揚句「従妹です」と答えた。

辻本先輩は「そっか、イトコちゃんか」と言いながら、ジャケットをめくり、胸ポケットの内側に入れられた財布を手に取った。

「ごめんね、お姉さんと話があるんだ」

彼はその中から折り目ひとつない一万円札を取り出すとヒトミに差し出した。

「もしあれなら、これで買い物しておいで」

「いや先輩、さすがにそれは」と、遠慮しようとする私を無視して、ヒトミは奪い取るように札を受け取った。やはりお金に目がくらんだか。そう呆れつつも、先輩の前でわたわたする自分を見られるよりかはマシか、と思い直した。だがヒトミは一万円を握りしめたまま、その場を動こうとしない。「ほら早く行きなよ」と戸惑っている私に、彼女は「自分のタイミングで出かけるから」とピシャリと言い放った。ふざけた発言に、私は怒りで首筋が熱くなるのを感じた。だが先輩は喉の奥をククと震わせている。

「さすがひとみちゃんのイトコ」

何が「さすが」なんだと憤慨している私に、先輩は言葉を続けた。

「順調なの。彼とは」

「あ、はい」

「彼、仕事は？　続いてんの？」

「まぁ、なんとか」

「本業副業、両方とも？」

本業、副業。

その部分に、明らかに侮蔑の響きが滲んでいた。先輩に小馬鹿にされていることに気づきながら、私はヘラヘラと「まぁ一応」と頷いてみせる。いつもならば、そのまま受け流せるやりとりだったが、今日は勝手が違う。隣には、もう一人の私、ヒトミがいるのである。「副業?」と、小さく彼女が声をあげたのを先輩は見逃さなかった。

「なに? 知らないのイトコちゃん」

彼は侮蔑の響きを強めながら言った。

「ひとみちゃんの恋人はね、アーティストなんだよ」

あぁ、最悪だ。

耳を塞いですべてをシャットダウンしたい。神様に、私を今すぐお布団にワープさせてくれと願ったが、そんなしょうもない願いを神様が聞いてくれるはずがない。

「あ、ごめん。アーティストって言っちゃいけないんだっけ」

へたくそな作り笑顔を保ったまま硬直している私に先輩は変な気遣いを見せる。

「とにかく彼は生活のためにリサイクル屋さんで働いているだけなんだよ、ね。そうでしょ?」

だから先輩と会いたくなかったのである。

彼は私の欲しがっているものをくれると同時に、私が隠したい古傷や汚いものを、ぐりぐりと手を突っ込んで、ほじくり返してくるのだ。ヒトミは意味が分からないといった感じで、あんぐりと口を開いている。ちょうどそこに先輩が頼んだ紅茶が運ばれてきた。三分ほど蒸らすようにと店員さんは、やけに丁寧に説明をしてから去っていく。店の人までも先輩サイドなのか。敵も味方もないのに、私は被害妄想を炸裂《さくれつ》させ続けている。体に変に力が入り、座っているだけなのに息苦しい。胃のあたりがずっしりと重たくて、どこかに横になりたかった。

「四年くらい前だっけ。ほら個展を開いたの」

「もうその話はいいですから」

「でもイトコちゃんは興味あるみたいだよ」

話をふられてヒトミは顔を強張《こわば》らせた。彼女の手の中で一万円がくしゃりと歪む。明らかに自分の初体験の相手を警戒しているようだった。

「気になるよね」

先輩に促されるまま、ヒトミはこくんと頷いた。

「ほらねぇ」

面白そうに彼は声をあげて、カップに紅茶を注ぎ始めた。まだ三分経っていないのにと、彼を見やる。

「いいんだよ、どうせこれティーバッグだし」

彼は蓋を開けて、ポットの口をこちらに向ける。湯を吸い込んで膨張したそれは、湯の中をふらふらと漂っていた。三分待つ価値などない、そう彼は言いたいようである。ティーバッグだと一体何が駄目だというのか。普段ティーバッグを何度も使いまわし、色つきのお湯を飲んでいる私には、よく分からない。二人から無言の圧力をかけられて、ちくちくと頬のあたりがかゆくなる。仕方なく私は唇に力を込めた。

「丸山くんは、美術系の専門に行ったんだよ」

説明を終えようとしたが、辻本先輩が許してくれるはずもない。最高の笑顔のまま、私を煽《あお》り立てる。

「えっと、何になるためにだっけ？」

わざとらしく忘れたふりをする先輩に怒りが込み上げる。はっきりと記憶しているくせに、私の口から『あの言葉』を言わせたくてたまらないのだろう。

「表現者になりたくて」

表現者、という言葉は一時期丸山くんが好んで使ったものだった。

いつも眠たげな瞳を、この時ばかりは爛々《らんらん》とさせて「誰かの心を動かす仕事なんて最高だろ」と話したものだった。ふと若かりし彼（といっても、たかだか四、五年前だが）の姿がおぼろげに浮かび上がる。あの頃の丸山くんはいつも絵具やボンドの匂いがして、抱き合うたびに鼻の奥がツンと痛んだのだった。そういえば、しばらく、あのキラキラした瞳を見ていない気がする。

「あぁ、それそれ。表現者ね」

先輩は「今思い出した」という小芝居をしながら頷き、紅茶を啜る。

「それで、表現者の丸山くんは、今年は誕生日をお祝いしてくれそうなの？」

また触れられたくない部分をほじくり出された。油断すると、すぐこれである。できるだけ平静を装い「どうなんですかね」と答えるも、先輩にはなんでもお見通しなのだ。

「可哀想に」

心から憐《あわ》れんだ声を出しながら、先輩は優しく私の肩をさする。彼に触れられるたび、腿のぞわぞわが全身に広がっていく。おへその下あたりがこそばゆい。いちいち彼に反応する体が憎たらしい。

「そんな駄目な彼が可愛かったりするわけ？」

さっきからヒトミの視線が痛い。

なんでこの男は、丸山くんとあんたのことに詳しいの。え、あんたたちの関係ってなんなの。そんなふうに責めたててくれたほうがマシだった。

「やっぱり俺はやめたほうがいいと思うけどな、取り返しがつくうちに」

「取り返しって」

「ひとみちゃんも、もういい年なんだからさ」

二十四歳過ぎたら何をやっても「いい年なんだから」って言われるよ、独身女は。昔バイト先にいた女の先輩がぼやいていたっけ。彼の問いをヘラヘラしながら受け流しながら、そんなことを思い出していた。

あの先輩の言葉、今まで全然ピンとこなかったけれど、きっと彼女もこんなふうに親切心を装う心ない一言に傷ついたのだろう。そういう相手になんと反論しても無駄だ。怖い女認定されたり、すぐ女はムキになるとか小馬鹿にされたり。こっちが損するだけなのだ。だってそういう人間は、こちらがボロを出すのを期待して、親切心を装っているのだから。

「結局あれでしょ、ひとみちゃんは怖いんでしょ」

馬鹿なふりをして「え、何がですか」と問い返す。先輩の瞳からすっと笑みが消えて、ひやりと冷たくなる。

「丸山くんとの関係もそう、自分の夢についてもそう。結局自分自身と真っ向から向き合うことを拒否してさ、変な方向に努力してばっかりいる」

私はヘラヘラすることも忘れて唇をきつく噛《か》みしめていた。感情的になっては駄目だ。落ちつくんだ、ひとみ。私は何度も自分に言い聞かせた。

『変な方向にばっかり努力する女』

これ以上に私を端的に表す言葉があるだろうか。タケちゃんとの交換日記や、ドーナツ屋での日々をつらつらヒトミに話さなくとも、この一言さえあればすべて説明が足りてしまう。横に座る彼は私の顔色の変化を満足そうに眺めてから、再び口を開いた。

「そろそろよく考えてみなよ。そいつが本当にひとみちゃんを幸せにしてくれると思ってる？」

先輩が言い終わらぬうちに「あのさっ」と、ヒトミが声をあげた。

「あんたに、こいつらの何が分かるの」

彼女の声はツンと尖っていて、怒りで震えている。

「別に幸せなんか求めてない。ただ一緒にいたい、それだけでいいじゃん……」

思ったより大声が出てしまったのだろう。彼女の言葉は尻切れトンボとなり、最後のほうがよく聞き取れなかった。店中の視線が一斉に私たちのテーブルに向けられたが先輩は全く動じた様子はない。

「へぇ、愛されてるじゃん。ひとみちゃん」

先輩はヒトミが私を庇う発言をしたことに心底驚いている。

私に一切人徳がないと思っているんだろう。いちいちカチンとくるが、残念なことに人徳がないのは事実だ。ヒトミに関してもそうである。彼女が怒っているのは私のためではなく、愛する丸山くんのためなのだから。

「大体あんたなんなんですか」

声のボリュームを抑えれば抑えるほど、ヒトミの中の怒りが燃え上がっていくようだった。

「なんで呼ばれてもないのに、わざわざ店まで来ちゃってるんですか」

辻本先輩は黙っている。その態度がさらに彼女の怒りを加速させていく。

「来た途端説教して、こいつを弄んで楽しんでるんですか――」

「もういいって」

いたたまれなくなって私は、彼女の言葉を遮った。ヒトミは不機嫌を隠そうとせず舌打ちをする。

「なんか、すみません」と、先輩に頭をさげるが、彼はヒトミのことだけを見つめ続けている。

「先輩？」

私を完全に無視して彼はカップに紅茶を注ぎ足しながら「弄ぶ、か」と呟いた。

「どっちかっていうと弄ばれたのは俺のほうなんだけどなぁ」

ヒトミは「は？」と、冷ややかに彼を睨む。

「さっき言ったでしょう。ひとみちゃんは変な方向にばかり努力するって」

カップの縁ギリギリまで紅茶が注がれていく。溢れる寸前のところで彼はポットを机に置いた。

「丸山くんが自分の元に帰って来たら、俺を捨てて、あっという間に元鞘《もとさや》に戻ったんだよ、ね。ひとみちゃん」

私は二人の顔が見られなくて、先輩のカップを眺め続けていた。なみなみと注がれた紅茶に、先輩は一切手をつける気がないようである。

「あれは傷ついたなぁ」

わざとらしく悲しげな声を出す先輩に心の中で毒づく。

嘘つき、傷ついてなんてなかったくせに。

当時から私は分かっていた。

一生に一度の私の初体験は、彼にとっては生活のほんの一部にしかすぎない。釣り糸を垂らしたら簡単に釣れただけの女だって。先輩がお店のほかの女の子にも手を出しているのは、なんとなく気づいていた。遊ばれているだけだって。けど、それでもいいって、あの日キスされて私は思ったのである。丸山くん以外で、自分の初めての相手としてこれ以上の人はいない。履歴書に初体験の相手を記載する欄があるのなら、私は得意げに先輩の名前を書くだろう。運よく、彼に釣ってもらえただけツイているって。愚かな私は思っていた。

初めて先輩の家に行った日のことは事細かに覚えている。

彼の部屋はベッドと机以外の物が全然なくて、シーツはホテルみたいにピンと張りつめられていた。最初から最後まで彼は優しかった。私の火傷跡に唇を寄せて「フレンチクルーラーの匂いがする」と微笑み、何度も私を「可愛い」と言ってくれた。月並みな表現だけど、彼との行為の間、私はお姫様でいられた。

「あ、これが大人の恋なんだ」

回数を重ねるたびに、私は先輩との行為に酔いしれた。丸山くんより先輩を好きになれるって、あの頃の私は、本当に思っていた。けれど、それは私の愚かな勘違いだったのである。

バイトを始めて四カ月。先輩と寝るようになって数週間が経ったある日。授業中に突然、丸山くんから「今日会える？」とメールが届いたのだ。まさか彼から「Re：」のつかないメールが届く日がくるなんて思っていなかった。私は心底驚き、少し浮かれた。だって彼からお誘いがくるなんて初めてだったから。私は必死に嬉しさを押し殺して、自分を諭した。落ちつけひとみ。とうとうきたのだ。きっと「別れ話」だって。

そう思った私は速攻で「うん」とメールを返す。丸山くんはすぐに待ち合わせ場所を指定してきた。そこはドーナツ屋から離れたところにあるファミレスだった。そこならばバイト先の人に会うこともないだろう。

もう大丈夫、別れても私には先輩がいる、しかも辻本先輩というかっこいい先輩がいる。そう呪文のように唱えながら、私は放課後までの授業をやり過ごした。待ち合わせ場所に向かう前に私は、駅前のドラッグストアに寄った。試供品で身支度を整えようとしたのだ。普段は使わないオレンジ色のリップを唇に塗りたくったりして、数カ月ぶりに会う丸山くんに少しでも綺麗になったと思われようとしたのである。我ながら本当に残念な女である。

ファミレスに着くと、丸山くんはすでに席に座っていた。

「なんか久しぶり」

「だね」と相槌を打ちながら、一体相手がどんなふうに話を切り出してくるのか。私は体を強張らせていた。だが、丸山くんは学校の学食が美味しくないとか、美術部の先輩が面倒くさいとか、どうでもいい話をひたすら続けてくるばかりだった。拍子抜けしてしまった私は耐えきれなくなり彼の言葉を遮る。

「ちょっと待って、なんの話？」

丸山くんはきょとんとして首をかしげる。

「久々に会ったから近況報告」

「え、なんで」

「なんでって、全然会ってなかったから悪いなって思って」

悪いという感覚はあったのか。

私は「はぁ」と、相槌にもならない声をあげることしかできない。

「高校生活慣れるの、結構時間かかっちゃって。俺あんまり同時に違うことできないから。ごめん」

丸山くんが私に謝っている。何もかもが想定外で、私は困惑しながら唇を舐めた。リップのせいか、いつもと違う味がする。

「あと見てもらいたかったんだ」

「何を?」

「俺のバイト先」

どうやら、このファミレスで丸山くんはバイトを始めたらしい。中で調理を行っているそうだ。調理といってもパウチされた食材をチンしたり茹《ゆ》でたりするだけだけど。

彼は変に謙遜をしてから「どう?」と、こちらに尋ねてきた。

「いや、どうって言われても」

私の素直な反応に、彼は「そりゃそうだよな」と笑った。

「ひとみがここでバイトしてくれたら、割と会いやすくなるかなって思って、そういう意味での、どう?」

「え、え?」

私は丸山くんの言っていることが全く理解できない。先輩が長いほうが好きだというので頑張って伸ばしていた髪をかき上げて、私は何度も溜息をついた。自分を落ちつかせようと必死だった。

「なんで私とバイトしたいの」

「なんでって、え？」

丸山くんの顔が強張り、いつも眠そうな大きな目がきょろきょろと泳いだ。

「もしかして、俺らってもう別れてる？」

なんということだ。

完全に自然消滅したと思っていたのに。

彼は私とまだ付き合っているつもりだったのだ。

そして不器用なりに反省をして、一生懸命考えて、私と一緒に過ごせる方法を考えてくれていたのだ。不器用が過ぎると、怒りや呆れはどこかに吹き飛んでしまう。残るのは、彼が愛らしくてたまらないという気持ちだけだった。その瞬間、私の中で先輩とした行為すべてが醜く汚らしいものに変わっていった。気がつくと私は、丸山くんの問いに「ううん」と、首を横に振っていた。

「てっきり丸山くんが私のこと嫌いになっちゃったのかと思ってたから」

自分の口から出た言葉が信じられなかった。なんで私は被害者面しているんだ。自分のことを全部棚に上げて、丸山くんに「ごめん」なんて謝らせているんだ。ちゃんと言わなきゃ。今付き合ってはいないまでも、好きな人がいるって。そうじゃなきゃフェアじゃない。何度も心の中で自分を罵倒するが、口から出るのは「会いたかった」とか「私のこと考えてくれて嬉しい」とか。そんな、うすら寒い言葉だけだった。

結局私は彼に何も真実を伝えず、二度目のお付き合いを始めた。

その日のうちにドーナツ屋を辞めて、私はファミレスの面接を受けて、高校卒業するまで、丸山くんと一緒に、その店で働き続けたのだった。

「ひとみちゃん、俺になんて言ったか覚えている？」

そう言いながらも、辻本先輩は私ではなくヒトミを見つめ続けている。

「私、先輩と、もうそういうことできません、だよ。酷くない？　人をセフレ扱いしてさ」

「別にそんなつもりは」

「嘘、そんなつもりだったくせに」

先輩が語気を強めたせいなのか、空調のせいなのか、紅茶の表面が揺れている。私は何も言い返せず、膝の上で拳を握りしめた。

「やっぱり分からない」

ヒトミの声はさっきまでと違い、ハキハキとして妙に澄んでいた。

「たいしていい女でもないこいつに酷い仕打ちをされて、それなのにこうしてちょっかい出し続けるのは、なんで？」

辻本先輩は「ん～」と、わざとらしく考え込むような素振りを見せる。

「なんだかんだで好きなのかな、ひとみちゃんが」

「好き」という二文字に私もヒトミも怯《ひる》み、同時に椅子がガタリと音を立てる。

「二人とも息ぴったり」

辻本先輩が優しく目を細めると、彼から放たれる空気がまた丸くなった。

「なんか一緒にいて退屈しないんだよね、ひとみちゃんって」

嘘だ、騙《だま》されるな。

私は何度も自分に言い聞かせる。真に受けるな、からかわれているだけだ。百歩譲って、それが本心だとしても、彼は手に入らなかったものに固執《こしつ》してムキになっているだけだ。手に入れたら、すぐに飽きるはず。いや、飽きてポイッと捨てるために私を捕まえたいのかもしれない。

「ねぇ、ひとみちゃん」

先輩が再び私の肩に触れた。先ほどと違って力強い。なんというか男を感じるような、そんな触り方だった。

「二十四歳の誕生日、俺と過ごしてみない？」

あんなに気を引き締めていたのに。彼の提案は、いとも容易《たやす》く私の心を揺さぶった。

「最高の誕生日にしてあげるよ？」

死ぬほどどうさん臭いセリフなのに。辻本先輩が言うと妙に説得力があった。

悔しいことに、彼はまたしてもこちらの心を見透かしている。

私はこれまで一度も、きちんと誕生日デートをしたことがない。ちょっと良いお店でご飯を食べてプレゼントを貰ってケーキを食べて、みたいなテンプレートなあれである。丸山くんの性格なのかお金がないからなのか、毎年、誕生日祝いはどこか貧相で何かが欠けていた。

私たちにはそんな祝い方がお似合いだろう。彼女の誕生日も覚えられない彼なのだ。高望みしても無駄である。ずっとそう思い込もうとしてきた。

でも本当はずっと憧れていたのである。知り合いたちのように、ＳＮＳでひけらかせるような素敵な誕生日に。

ぐわんぐわんと心が揺れすぎて船酔い状態の私は、得意のヘラヘラ笑いをして「またまたぁ」と、言葉を受け流そうとした。しかし辻本先輩はそれを許してはくれなかった。

「酷いな、ひとみちゃん」

辻本先輩の手に力がこもる。

「冗談でこんなこと言うと思ってる？」

痛くないギリギリまで強く肩を摑まれた。きっと彼にはどうすれば私が痛みを感じるかも、全部お見通しなんだろう。

「あ、いや、その」

口ごもることしかできない私に、ヒトミが小さく舌打ちをした。不快なその音は思いのほか店に響いた。だが先輩はヒトミを一切気にせずに話を進めていく。

「俺なりにいろいろ考えたんだよ。ひとみちゃんとのこと」

「私とのこと、ですか」

「うん、きちんとしたいんだよね。俺もいい大人だしさ」

きちんと。それは私の生活に一番縁遠い言葉である。

「これで駄目なら、もうひとみちゃんに二度とちょっかい出さないからさ」

二度と辻本先輩に会えない。

その宣告に想像以上に戸惑いを覚えている自分がいた。普段会いたくないと思っている相手なのに。会わないと会えないは全然違うものみたいだ。口ごもることも忘れて固まる私の肩が軽くなる。

「別にすぐ答え出さなくていいよ。ひとみちゃんの優柔不断さ、知ってるし」

辻本先輩は癖毛を撫でてからスーツのジャケットのしわを伸ばす。

「家の住所、送っておくから。気が向いたらおいで」

それだけ言うと、辻本先輩は伝票を持って席を立つ。当然のように彼は私たちの分まで会計を済ませて出ていった。「御馳走様《ごちそうさま》です」も「あ、自分で払いますよ」も言うのを忘れて、私は先輩の背中を目で追い続けていたが、彼がこちらを振り向くことは最後までなかった。

ヒトミは黙っていたが、その顔には「で、どうすんの?」と書いてある。いや、もしくは「なんで断らないの、丸山くんがいるのに」と、私を責めているのかもしれない。

彼女にこの状況の言い訳をしたかったが、何も言葉が出てこなかった。私の頭の中は大しけの海みたいで、自分の気持ちも、彼女になんて言い訳したいのかも分からない。ただ「違う」「私は悪くない」って叫びたかった。過去の自分にどう思われようがどうだっていいはずなのに。必死に自分を正当化しようとしている自分にうんざりである。

「行くよ」

よれよれのTシャツの裾をいじくり続ける私を置いて、ヒトミは席を立つ。

「行くってどこへ」

「買い物だよ」

彼女はしわだらけになった福澤諭吉を、得意げに私に差し出した。

「これでなんでも好きなもん買ってやるよ」

平日だからか、思ったよりも竹下通りの人通りは少ない。

夏の日は長く、陰る気配は今のところない。レンガタイルが日差しを照り返して、どこに目を向けても眩しかった。人が少ないといっても、それはあくまでも休みの日と比べての話だ。私が生まれ育った街と比べれば通りは人でごった返している。ヒトミは人の多さに驚き、周囲を見まわし続けている。

どんな事柄も比較の対象が変われば、抱く印象は変化する。

人間の印象は、特にそうだ。

丸山くんは私と比べればまっとうな人間だと思うが、辻本先輩と比べると、世間一般的に言えば何もかも劣っている。恋愛というのは他人の目を気にしだしたら終わりだ。他人がどう思おうが私が幸せならばそれでいい、そう思い込めなければいけない。だけど、私の中で「なんだかなぁ」という漠然としたモヤモヤが膨れ上がっていく。丸山くんのことが好きなのに、辻本先輩の誘いに目がくらみ、さっきから二人を比較し続けている。

騙されるな私。辻本先輩はドーナツ屋の女の子には大体手を出していたし、駅で女の子を泣かせているのも見たことあるじゃないか。からかわれているだけなのに、ほんの少し期待している自分がいる。

「気になるの、あった？」

竹下通りを端から端まで歩き終えたところで先を歩いていたヒトミが振り返る。十六時を過ぎて彼女の服装はグレーのブレザーに替わっていた。辻本先輩と出会った、あの頃の私がそこに立っている。今一番会いたくない、過去の私だった。今の私より少しふっくらしているけれど、姿かたちは、ほとんど今の私と変わらない。

「どの店入る？」

「いいよ」

「遠慮しないで、あいつの金なんだから」

ヒトミはこれ見よがしに一万円札をちらつかせてくる。

「アンタが貰ったんだからアンタが使えば」

もう何も考えたくない。服なんてどうでもいい。早く家に帰って寝たかった。

「私があんたに使いたいの」

「だからいいって」

一万円札を握らせようとしてくるヒトミの手を払いのける。それでも彼女はしつこい。

「私がやりたいことやらせてくれるって言ったじゃん！」

私たちは道の真ん中で一万円札を渡し合い続ける。道行く人々はクスクスと笑い、私たちの横を通り過ぎていく。傍《はた》から見れば姉妹がじゃれ合っているようにしか見えないだろうが、私たちは真剣だった。

やっとの思いでヒトミに一万円札を押しつけて叫ぶ。

「いや、一万円じゃたいしたもん買えないから！」

「え」

ヒトミの顔が強張る。

「そうなの」

ヒトミは俯き、唇を噛んだ。

「これじゃあんた元気にならない？」

眉間にしわが寄り、眉がさがり、わかりやすく落ち込んでいる。あぁ、私は何をやっているんだろう。この子はこの子なりに私を気遣ってくれているのに。昔の自分に好きなことをさせてあげるって決めたはずなのに。結局あんな顔をさせてしまっている。

「ごめん、嘘」

私は彼女の握りしめた拳をほどいて一万円札を手に取る。

「たいしたことないなんて嘘。私の時給十時間分だもん」

ヒトミは黙っている。

「これ、足しにさせてもらうね」

財布を取り出して中を見やる。ファミレスやらカフェやら行きすぎて中には千円しか入っていない。私は近くのコンビニに駆け込んだ。ちょっと迷ったが二万五千円をおろした。その中から一万円をコンビニの前で待っていたヒトミに差し出す。

「え、意味わかんない」

今度は私が彼女に一万円を握らせる番だ。

「これは私から。好きなもの買いなよ」

ヒトミは再び「意味わかんない」と言うと、うっすらと唇を緩めた。


考えてみれば、こんなふうにのんびり買い物をするのは久しぶりである。

着古したパンダTシャツ姿からも分かるように、私はもともとそこまでファッションに興味があるわけではない。ただ自分の見え方には人一倍興味がある。少しでも可愛く綺麗になれるならばそれに越したことはない。だが店先に並ぶシフォンスカートやワンピースは、可愛いなとは思うが、どうしてもこう思ってしまう。

私にこんなものが、似合うはずがない。

こういうのはふわふわした可愛らしいパステルカラーな女の子たちが着るものなの

だ。

「ねぇ、これは？」

隣で洋服を物色していたヒトミが手に持っていたのはレースのワンピースだった。お値段八千六百円。淡い桃色で胸部分から切り替えられたAラインのものである。同じ人間ということもあり好みは一緒なんだろう。そのワンピースは、さっきからずっと目についていると同時に敬遠していたものである。

「いや、私には無理」

「無理？」

「どう考えたって似合うわけないじゃん」

「別にどうでもよくない？」

ヒトミは私の体にワンピースを合わせる。彼女は満足そうに微笑んだ。

「似合ってようがなかろうが、あんたが着たいか着たくないかでしょ」

ヒトミは「私はこっちにしよう」と色違いのワンピースを手に取る。そちらは淡い黄色だ。ヒトミはそのまま試着室に向かう。彼女は店員さんと一言二言会話を交わすと、私を狭い個室へと押し込んだ。

「誕生日くらい好きなもの着なよ」

試着室のカーテンを閉めながら私は尋ねた。

「アンタ、本当に私なの？」

「は？」

「だって私にしては、まともすぎる」

ヒトミは短く笑った。

「まともじゃないよ、いうならば投資？」

「何それ」

「誰だって未来の私には笑っていてほしいもんでしょ」

そう言うと彼女はカーテンを閉めて自身も隣の試着室へと入っていった。汗で湿ったTシャツとショートパンツを脱ぎ捨てている間、私の中で、ずっとヒトミの言葉がこだまし続けていた。

未来の私に笑っていてほしい。

つまり彼女から見て私は幸せそうじゃないってことだ。

そりゃそうだ、さっきから何も良いところを見せられてない。無様な姿をさらして恥をかいているだけだもの。ワンピースに袖を通し終えた時、断りもせずカーテンの間からヒトミがひょっこりと頭を出した。

「へぇ、思ったよりいいじゃん」

勝手に入ってくるなよと、注意しようとした矢先、カーテンが開いた。

「ね？　いいですよね」

ヒトミの横には店員さんが立っている。ゆるふわという言葉を体現したような彼女はグロスでテラテラの唇を緩ませた。

「ええ、お姉さまもとってもお似合いです」

そう言われて私は姿見で自身の姿を確認する。

自分で言うのもなんだが、たしかに想像以上にそのワンピースは私に馴染んだ。いつも着ている色あせたTシャツやシミのついたトレーナーとは違い、自然と背筋も伸びていく。私も着飾れば捨てたもんじゃないようだ。

「お二人ともスリムですからラインがとても綺麗に出ていますね」

お二人という言葉に、私はヒトミを見やる。自分でやったのか店員さんにやってもらったのか髪の毛は綺麗にとかれて、可愛いピンで前髪を留めている。たったそれだけのことなのにヒトミはぐんと可愛くなっている。若さのおかげなのか、ワンピースが私より、ずっと彼女の体に馴染んでいた。

「丈もちょっと膝上でちょうどよくないですか?」

「そう、ですかね」

「ええ、お姉さまも肌がお白いから、ワンピースの色が映えますね」

ゆるふわの店員さんはこれでもかっていうくらい私を褒めちぎってくれた。

こっちは客なんだから褒めてもらえて当然。頭では分かっているのに、それが嬉しくて仕方ない。今までショッピング好きの女子たちの考えが理解できなかったが、この褒められタイムが彼女たちの心を満たすのかもしれない。初めて味わう気持ちのはずなのに、このこそばゆさに、私は覚えがあった。

辻本先輩である。

その時、ヒトミが突然カーテンを閉めた。

開ける時も閉める時もこちらに確認なしかよ。呆れながら耳を澄ますとカーテンの裏側からは「これ着て帰ります」「あとさっきのパンプスもお願いできます?」と、彼女が店員さんと話す声が聞こえる。彼女は勝手にお会計を頼んでしまったらしい。

完全に彼女のペースで、私は腹が立ち始めていた。ゆるふわの店員さんにダサいところを見せたくないが、ヒトミがカーテンの隙間から顔を出したら一言もの申してやろう。だが、その決意は一瞬でくじけることになる。店員さんと会話を終えたヒトミが心配そうに試着室に飛び込んできたのだ。

「ちょっとあんたどうした？」

ヒトミは両手で私の頬を思いきり挟んだ。アッチョンブリケな状態になりながら「それはこっちのセリフ」と呟いたが、彼女の顔は強張ったままだ。

「なに？　そんなにワンピース嫌だった？」

何を話しているのかさっぱり分からない。ぽかんとしている私の頬を彼女が優しく拭う。

「だから、なんで泣いてんの？」

ヒトミにつられて頬に触れる。生ぬるい液体が指に触れた。気づかぬうちに私は涙を流していたのだ。意識した途端、視界が揺らぐ。拭っても拭っても目の中で涙が膨らんでいき止まらない。

苦しくて仕方なくなって、私はその場にしゃがみ込んだ。

「どうしたんだよ、おい」

ヒトミが私の体をさする。彼女の体温が背中越しに伝わり、その温かさに余計に涙がこぼれた。なんでこんなに涙が溢れているのか分からない。綺麗な服を着て、ちょっとだけ可愛くなった気がして、それがすごく嬉しかったはずなのに。ヒトミが困っている。どうしよう。早く何か言わなきゃ。

「ごめん、こんなふうになっちゃって」

やっと口から絞り出されたのがそれだった。

「なに謝ってんだよ、意味わかんないよ」

私のリアクションに彼女はさらに困ってしまったようである。

嗚咽《おえつ》が漏れてうまく息ができない。

「辻本先輩のこと？　別にいいじゃん、好きなように言わせときゃ。ちょっかい出されてるだけなんだし」

十六歳の私の胸に顔を埋《うず》めながら、私は激しく首を横に振る。

「違う、悪いのは私」

無駄に声が大きくなってしまう。感情のコントロールが全然できない。ヒトミは「ちょっと声！」と、周囲に声が漏れぬように自分の胸に私の顔をさらに押しつけた。

「先輩は優しかった、ドーナツの並べ方もパートのおばさんやお客様への接し方も、東京での家探しも、なんだかんだいっていつも親身になってくれた。最初に寝た時だって全然痛くなかった。先輩はずっとずっと優しかった」

私は十六歳の自分にすべてをぶちまける。

「先輩が私に変に執着してるだけだって分かってる。ただの気まぐれかもしれない。だけど私は先輩にちやほやされてずっと喜んでた」

今まで誰にも言ったことがない本音だった。

私は今、自分が持っているものを何ひとつ捨てたくなかったのである。

丸山くんという腐れ縁の彼も、処女を捧《ささ》げた辻本先輩も、ずっと腕の中に抱えておきたかった。二人を抱えることに必死になっていて、友達や仕事、色んなものを失ってきた。それでも辻本先輩から、たまに連絡を貰うことで安心したかった。周りの幸せそうな女子たちと自分を比べる時に辻本先輩が必要だった。「ハイスペックな先輩に好かれている」というキャラ設定で、小さなプライドを保持してきたのだ。

私には、丸山くんだけじゃない。彼以外にも女として見てくれる相手がいる。私がその気になれば関係を持つことができる。ずっとそう思いたかっただけだ。

最初に彼と寝た時だってそう。今こんなふうにずるずる付き合いが続いているのもそう。悪いのは全部私。何ひとつ行動せず、駄目な自分に背を向けて言い訳ばかりな自分なのだ。

「分かった、分かったから」

ヒトミは私の背中を何度も撫でた。あまりに力強くて服と背中が擦れて熱い。

「急にもう二度と会わないなんて言われたら困っちゃうよね」

彼女は私を必死になだめようとしている。

情けない。いくら自分だといっても相手は八つも年下の女の子なのに。

「こんな残念な大人になっちゃっててごめん。過去のアンタに元気づけてもらってごめん。本当にごめんなさい」

自分だけの力では私をどうすることもできないと思ったんだろう。脱ぎ捨てられた私のよれよれの洋服をまさぐり、彼女はひび割れたスマホを取り出した。彼女の行動に、私の唇が勝手に動いた。

「丸山くんには連絡しないで！」

18:00

選べるよ、ひとみ

急展開というものに、私は滅法弱いようだ。

突然、過去の私が現れた時も、辻本先輩から選択を迫られた時も然《しか》り。そして今、この瞬間もそうである。私の前で繰り広げられている会話に一切入ることができぬまま、私はベンチにのけぞっていた。私の隣で、さっきまで着ていた服が詰められた紙袋がガサリと音を立てる。その音で試着室での一連の出来事を思い出して、恥ずかしさで首筋が熱くなる。

「だから私は過去のあいつなわけ。ここまで分かる？」

ヒトミは今日起こっている出来事の説明を、さっき現れた人物にし続けている。日が陰り、ヒトミの長い影が地面に伸びていた。十八になった彼女は私とほとんど容姿が変わらない。揃いのワンピースとパンプスといった格好だから尚更だ。違うところといえばピアスの数と、髪の色くらいだった。頭のてっぺんが完全にプリンになった金髪をいじりながら、ヒトミは喋り続けている。

一方、私は生い茂った木々の間から夕焼け空を眺め、鼻をすするだけだ。湿った土の匂いが鼻孔に広がる。気を抜くと瞳の中で涙が膨らみ、こぼれ落ちた。

たしかに試着室でヒトミに「丸山くんに連絡しないで」とお願いをしたのは私である。でも、だからってなぜこの人を選んだのか。彼女の考えが私にはさっぱり理解できない。買ったばかりのワンピースの袖で涙を拭っていると、ガンッとベンチに衝撃が走った。

「べそべそすんな」

ベンチを蹴ったその人は、呆れた声を出しながらヤニだらけの黄色い歯をぬっと露わにした。

ヒトミは泣きじゃくる未来の自分の対処に困り、何を思ったのか橋詰さんに連絡を取ったのである。そして人の良い橋詰さんはぶつぶつ小言を言いながら、電話から一時間も経たぬうちに私たちの元に駆けつけてくれたのだった。彼はグレーのシャツに大きな汗染みを作り、人より広めの額からはだらだらと汗が流れ続けている。

今まで絶妙な距離感を保ち続けていたというのに、一日に二度も彼に頼ることになるなんて。一生頭の上がらない人物が、この世界に新たに増えてしまった。助けてもらっているくせに、そんな失礼なことを考えながら、私は左手にある火傷跡をいじり続ける。

こうやって改めて顔を突き合わせると、どうしていいか分からない。だって私と彼は、バイトの引き継ぎでほんの数分顔を突き合わせるだけの間柄なんだから。

「ほら」

突然、彼に何かを投げつけられて思わずたじろぐ。

それは、くしゃくしゃになったポケットティッシュだった。

「ずみません」

ティッシュを取り出し鼻をかむ。パチンコ屋の広告つきのティッシュはゴワゴワと硬く、ほのかに橋詰さんの煙草の匂いがする。

バイト先以外で彼に会うのは初めてだった。ミミズクはうすのエプロンをしていない橋詰さんは、いつもより少しだけ若く見える。見慣れた姿とは違って見える彼との距離の取り方がさっぱり分からない。少しでも長く鼻をかんで間を持たせよう。そんなくだらないことを考えていると、橋詰さんは色落ちしたジーンズのポケットから携帯灰皿を取り出し、くわえていた煙草をねじ込んだ。

「話は終わりか」

「え」

聞き返すと、彼は毛の薄い頭をひと撫でして汗を拭うと、溜息をついた。もしかして変な話を聞かされて怒っているんだろうか。怖くなって「はい」と答える声が小さくなってしまう。

橋詰さんは私の返事を聞くと「ん」と短く頷き、口をつぐんだ。しばらく次の言葉を待ったが彼は新たな煙草を取り出すだけで、何も声を発さない。

「え、それだけ？」

ヒトミが耐えきれず尋ねると、彼は首をかしげ、何か問題あるかとでもいうように煙草に火をつける。

「いや、だから聞いたうえでなんかないの？」

ヒトミの言い分はもっともである。

だって彼女が橋詰さんに語ったのは、自分は過去の〝ひとみ〟であり、二十四歳の誕生日に突如出現して一時間ごとに年をとり続けている、なんてとんでもない内容なのだ。

普通ならば途中で話を遮り、合法か非合法かの何かを吸ったり打ったりしたのではないかと疑うところである。彼は煙を吐き出して、たっぷり間を置いてから口を開いた。

「不思議なこともあるもんだ」

今度は私が「いやいやいや」と突っ込んだ。

「おかしくないですか、そんなすぐ信じちゃうの」

「お前、転んで本棚倒したことあったろ」

橋詰さんはどこか得意げにこちらを見やると灰皿に灰を落とす。

「俺以外店に誰もいなかったのに、誰かに後ろから押されたって変な嘘ついてさ」

再び、黄色い前歯が露わになる。

「実は霊感があるとか店に霊がいるとかって、変な嘘にアホな嘘を重ねてさ」

過去の失敗を掘り起こし笑う橋詰さんに、私は思わず声を荒らげて嚙みついた。

「それがなんなんですか⁉」

「嘘が下手なやつにこんな嘘はつけねぇよ」

たしかに私はすぐ嘘をつくがすぐバレる。ババ抜きで勝てた試しがない。彼の言葉には妙な説得力があった。私とヒトミは思わず顔を見合わせる。

「それに、俺に嘘つく必要がどこにある」

念押しされてヒトミは小さく「たしかに」と呟いた。

彼女よりもう少し根性がねじ曲がっている私は、納得しつつも全く腑《ふ》には落ちていなかった。だって私ならこんな話絶対信じない。そもそもバイト先が同じだけの女のためにわざわざ代々木公園まで来たりはしない。橋詰さんが良い人であることは知っていたが、なぜここまでしてくれるのだろうか。

「てかお前、なんでベソかいてんだ?」

え、気になるところ、そこ?

私はますます分からなくなった。どう考えたって私が泣いていることより、私の分身が現れたことのほうが気になることでしょ。橋詰さんの思考回路が全く分からない。理由を話したところでどうなるわけでもないし。どうしたものか困り果てていると、

「腹でも減ったか」

橋詰さんの冗談なのか本気なのか分からない発言にカチンときて気がつくと「んなわけないじゃないですか」と怒鳴っていた。一度口を開けばもう止まらない。マグマのように本音が噴き出ていった。

「もうそういう冗談受け流せないくらい、こっちは頭の中ぐちゃぐちゃなんです。そんなこと言われても困るでしょうけど!」

私が力いっぱい握りしめるから、買ったばかりのワンピースはもうくしゃくしゃだ。

「突然赤ん坊が現れて、でもどうにかしなきゃいけなくて、ない知恵絞って、これでも頑張ったんです!」

この人に怒鳴っても仕方ないじゃん。そう言いたそうな、ヒトミの呆れ返った視線を感じていたが気づかぬふりをする。橋詰さんの相槌を待たずに、私は喋り続けた。

「そう私、頑張ったんです、頑張るのなんてだい、だい、だいっきらいなのに！」

「で？」

埒《らち》があかないと思ったのか、橋詰さんがやっと相槌を打ってくれる。

「だから何したんだよ、お前は」

そう改めて問われると、うまく言葉にできない。

ここまできたら格好つけても仕方がない。今までの勢いをすっかり失った私は「えっと、だから」と、しどろもどろになりながら言った。

「私の人生後悔ばっかで、だから過去の自分の願いを叶えたら、ちょっとは自分も報われるかなって」

橋詰さんがフンと鼻で笑う。彼の反応に苛立ちつつも、ごもっともなので反論はできなかった。反論できないから言葉を紡ぎ続けるしかない。

「でも、うまくいかなくて、過去の自分に慰められる始末で、もうダメダメで」

喋っている途中で涙が溢れ、声が震えた。泣くなよって怒られると思ったけど橋詰さんは相槌も打たず紫煙にまみれている。

「過去の私をがっかりさせてばっかだし。なんも成長してなくて、むしろ退化してるし。もう自分が情けなくて」

「だから泣くなってば！」

うんざりして言ったのは橋詰さんではなくヒトミだった。相変わらず彼女は、今の私なんかよりよっぽど頼もしい。さっきだって代わりに会計を済ませて、よしよしと、私を慰めながらベンチまで運んでくれたのだ。

「がっかりなんてしてないから」

私が握りしめていたティッシュを奪い取り、彼女は私の顔を拭う。

「ガキんちょの私はどうだったか忘れたけど、私はもうあんたにそんな期待してないし」

慰められているのか、けなされているのか。ヒトミの言葉がグサグサと突き刺さり、また涙が溢れてしまう。私の横で橋詰さんはフィルターすれすれまで煙草を吸い「へぇ」と呟いた。

ここまで語ったのに、反応はそれだけなのか。これじゃ語り損じゃないか。憤る私を気にすることなく、彼はゆっくりと吸殻を灰皿に押し込むと、次の煙草に手を伸ばすことなくポケットにしまってから言った。

「二通りの誕生日を過ごせるなんて、いつも後悔してばっかなお前にぴったりのプレゼントじゃねぇか」

二通りの誕生日。

過去の自分を、今の自分のために利用するなんて、そんな発想は今まで一切なかった。さっきのヒトミが言ったことと同じ。私は未来の自分に何も期待なんてしていなかったから。だから過去の自分を喜ばせようと思ったのである。

「いいじゃん、それ」

急に表情を明るくさせたヒトミが私の手を摑む。力強くて、手のひらが熱い。ヒトミと私の火傷の跡が重なり合う。

「いろいろ試してみようよ、せっかくだし」

「試すって、別に試したいことなんて」

「嘘」

すぐに私の言葉は遮られた。

「辻本先輩は？」

ヒトミは私に容赦ない。黙っている私に彼女は「ほらね」と意地悪な笑みを浮かべた。

「そうやっていつも通りグジグジした誕生日を過ごせばいいじゃん。私は好きに過ごさせてもらうから」

いくら自分とはいえ、酷い言われようである。

まぁ誕生日が四分の三過ぎたというのに、良いところを見せられていない私を隣で見てきたのだ。ヒトミがそう言いたくなるのも無理はない、かもしれない。

「あんたが変な自意識発動させて、いつも踏み出せないこと、私が全部代わりにやってきてあげるよ」

どこか自信たっぷりのヒトミに、過去の記憶が蘇る。

彼女が金髪になっているということは、推薦で奇跡的に短大に受かったあとの私であろう。丸山くんとヨリが戻ってから、バイトのあとに勉強を教えてもらうことが日課となり、自分でいうのもなんだが、そこそこ成績が良かったのである。間違いなくあの時の私が人生で一番頭が良かったと思う。私が受かったのは東京にある女子短大の教育学科だった。別に教育になんて興味はなかった。丸山くんが東京の芸大を受けることを知った私は、とにかく上京できればなんでも良かったのである。

「ちょっと、なんか反応してよ」

ヒトミが摑んだ手を握りつぶすように力を込めた。痛みが走り「痛いから」と、彼女の手を振り払い押しのける。

「いや、でも別行動ってのは」

「なんか問題あるわけ？」

過去の自分が刺々しすぎて、私はちょっと怖くなっていた。必死になるってことは、やはり彼女にとっては、この行動も未来への投資なのだろうか。自分の駄目っぷりを改めて突きつけられた気がして、ちょっと落ち込む。

「問題なんて、ないでしょ？」

「だって連絡とかさ、取れないし」

ヒトミに完全に押されてしまって、ついつい言葉が小さくなってしまう。

「貸してやるよ」

橋詰さんはヒトミにスマホを差し出した。必死に絞り出した言い訳を、彼はあっさりと覆《くつがえ》していく。

「いや、スマホなかったら不便じゃないですか」

「別に」

「でも、悪いですよ」

だって、じゃあ、いや、でも。なんとか提案をなしにしようとしていることに気づき、私はまた自分のいやな部分を発見してしまう。私は恐れているのだ。二つの選択肢を選んで、それでもまた失敗したら。今度こそ言い訳できなくなってしまうじゃないかって。

「貸してくれるっていうんだからいいじゃん」

ヒトミはペコリと頭をさげて橋詰さんからスマホを受け取った。

「あんたのと全然違うね」

そう言って彼女は液晶画面をこっちに向けた。そこにはほとんどアイコンがなく、なんだか殺風景である。私のみたいにありとあらゆるゲームやアプリで埋め尽くされてはいない。そして当然ひび割れてもいない。

「ツイッターとかやってないんですか」

思わず尋ねる。すると「あぁ」と、彼は何かをあしらうように手を横に振った。

「そういうの嫌いだから」

私もSNSなんて大嫌いだ。精神衛生上よくないって分かっている。それでも見るのをやめることができない。基本は見る専門だが、チャンスがあれば何か書き込みたいと思ってしまう。そして「いいね」を押してしまう。周囲から置いてきぼりになりたくなくて、寂しい思いをしたくなくて、惰性で続けているのだ。一方の橋詰さんは一日くらいスマホがなくても、誰かに貸してもなんも問題ないって顔している。スマホを貸すなんて、私には絶対無理だ。勝手にいじくり回されるなんて、自分の恥部をさらけ出すようなものだもの。

「今日はこのあと学校行くだけだから」

予想していなかった「学校」という言葉が飛び出しぽかんとしている私に「資格取ってる途中なんだわ」と、彼は言った。

「資格って？」

「会計士」

かいけいし。

自分の生活とは無縁の言葉だ。衝撃すぎて、いつの間にか涙が引っ込んでしまっていた。そんな私に彼は喉の奥を震わせてニヤリと唇を緩ませた。

「そんなに意外か」

「あ、いや」

誤魔化すように首を横に振ると、

「あんた本当、嘘へったくそだね」

ヒトミに足元をすくわれて、私は仕方なく「ちょっとびっくりしました」と、素直に感情を認めた。

「ていうか、ちょっと正直がっかりしました」

説明不足な私の発言に橋詰さんは眉間にしわを寄せる。もうどう思われてもいいや。正直ついでにすべてを打ち明けてしまえ。私はなるようになれと、胸の内をさらけ出した。

「だって橋詰さんは、私と同じで、ただなんとなく今を生きている人だと思ってたから」

向上心ゼロのどうしようもない人間は、私だけじゃないって安心していたのだ。だけど実際の彼はきちんと目標を持ち、努力をしている人間だった。ＳＮＳに対してドライで、きちんと自分を持っている橋詰さん。今までサエないおじさんって思っていたのに。私とは全く違う人種だったのである。自分の嫌な感情をまた知ってしまい、私は一段階、さらにテンションを落とす。

「悪いな、思ったよりろくでなしじゃなくて」

橋詰さんはケタケタと笑っている。笑うたびにたるんだ二重顎が揺れた。私の発言に怒った様子もなく、むしろ楽しんでいるようである。

「ねぇ、オジサン」

ヒトミは恐る恐る橋詰さんの顔を覗き込む。

「もしかしてオジサンも、こいつに惚れてんの？」

するとかれは電光石火の早業で、ヒトミの額におもいっきりデコピンをぶちかました。

パチンという乾いた音のあと、すぐにヒトミの短い悲鳴が周囲に響いた。オジサンと呼ばれてもタメ口で喋られても決して怒らなかった橋詰さんは額を押さえてうずくまるヒトミの頭をぽかぽかとリズミカルに叩く。

「お前な、自分を買いかぶんなよ」

「やめろ、オッサン！」

「言っとくが俺にだって選ぶ権利はある」

「分かったから離せ！」

ヒトミは声を荒らげて、橋詰さんから逃れるようにベンチの背後へと回った。私を盾にしながら、彼女は吠えた。

「私だって、人のこと『お前』って呼ぶ男大嫌いだ、ハゲ！」

負け犬感たっぷりに「ハゲ」と叫んだヒトミを叱るべきか、私の女としてのプライドを傷つけまくっている橋詰さんに怒るべきか分からず、迷った末「今の割と傷ついたんですけど」と、橋詰さんにヘラヘラすることを私は選んだ。すると今度は私にまで強烈なデコピンが飛んできた。額が抉《えぐ》れたのではないか心配になり、私は攻撃された箇所をさすった。こんなに攻撃力のあるデコピンは初めてだった。あまりの痛さに引っ込んでいた涙が滲み、私とヒトミは揃って彼を睨んだ。

「なんだよ」

橋詰さんは不服そうに、眉をひそめた。

「なんでもスケベ心と勘違いされる、俺のほうがよっぽど傷ついてる」

ヒトミは納得いかないように、額をさする私を指さした。

「じゃ、なんでこのバカに優しくするわけ？」

プライドが傷つき、むきになっているのだろう。ヒトミが馬鹿みたいに大声をあげるせいで、近くを通る人々がみな、私たちに視線を向けた。一日ヒトミといるせいで、こうやって悪目立ちすることに、私は慣れつつある。

「だって、なんも見返りないのに普通そんなことする？」

橋詰さんは珍しく言葉を詰まらせて、それを隠すように再び煙草を箱から抜き取った。そして煙をゆっくり肺に溜めて、それを吐き出すと同時に言葉をこちらに放った。

「誰かに頼られるなんて久しぶりだからな」

ヒトミは意味が分からないらしく首をかしげていたが、私には分かる。幼いヒトミと一緒にいて、それは強く感じたことだったから。最低限の人としか関わらず、誰からも期待されないで生きていると、人に頼られることなんて滅多にない。だからどんなに些細なお願いでも、頼られると自分を肯定してもらえるような気がしてしまうのである。遠くへ行ってしまったと思っていた橋詰さんが、またほんの少し近くに感じられて、私はちょっと嬉しかった。

「で、これからどうするんだ？」

照れ隠しをするように橋詰さんが話題を変えた。別行動をしようにも、何をするか決めなければ意味がない。

「どっちが辻本先輩のとこに行くか、でしょ」

結論を急ぐヒトミを「いや、ちょっと待ってよ」と慌てて遮った。

「その件については、もう少し考えさせてよ」

たとえ選択肢が二つあるとしても、辻本先輩のところへ行くという決断を安易にはしたくなかった。それは、あまりにも丸山くんと辻本先輩に失礼だと思うから。私は変な部分が潔癖なのである。せっかく選択肢が与えられても結局グジグジしている私を、ヒトミは心底軽蔑し、呆れているようだった。

「別にいいけどさぁ、じゃあその間、何するの」

「それも今、考えるから」

「自分のことでしょ、考えなきゃ分からないわけ？」

「うっさいなぁ」

今にも喧嘩を始めそうな私たちの仲裁に「まぁまぁ」と、橋詰さんが面倒くさそうに入った。

「なら、こいつの好きにさせてみれば？」

橋詰さんが言うこいつとはヒトミのことである。

「それ、いい！」

さっきハゲと罵った相手に飛びつき、背中をバンバン叩きながら、ヒトミはきゃっきゃと騒いだ。

「私もさぁ。こいつと一緒にいるの、飽きてきたところなんだよね」

面白い話ができないことは自覚しているが、今日一日それなりに努力してきたつもりだ。なのに、まさか過去の自分に飽きられるとは。なんとも悲しいことである。

「アンタにはあるの、やりたいこと」

今までの私と違い、十八歳の私は上京生活に夢を膨らませて幸せ全開だったはずである。そこまで不満を感じているようには思えない。東京生活満喫中の彼女が一体何をしたいのか、私にはさっぱり見当もつかなかった。

「んっと、とりあえずちやほやされたいかな」

なんともいえない疲労感に襲われて、私はがっくりと肩を落とした。どうやら私は過去の自分を過信していたようである。彼女の頭の中は、原宿でスカウトされたいなどと浮かれていた時と大差がない。

「さっき自分を買いかぶるなって言われたばっかじゃん」

私の言葉など耳に入っていないように、ヒトミはくるりと一回転してワンピースを揺らしてみせた。

「このオッサンがそうなだけで、私にだってそれなりに需要があると思うんだよね」

どうやら辻本先輩の一件で、変に自分に自信をつけてしまったようである。呆れてものも言えない。目つきが悪くて、痩せてはいるがつくべき部分に一切肉がなく、髪もパサパサで、完全に洋服に着られてしまっているくせに、何を勘違いしているのだろう。根拠のない自信に満ち溢れた六年前の私がちょっとうらやましかった。

「だから、てっとり早くちやほやされるところに行きたい」

「そんな場所あるわけないでしょ」

「いや、ある」

橋詰さんは力強く断言した。その一言に、パァッとヒトミの顔が輝く。

「ほら、あるってよ！」

ヒトミは勝ち誇った笑みを浮かべている。

「いい加減なこと言わないでくださいよ」

「アテはある」

そう言うと橋詰さんは、ヒトミに目配せし、私を置いて歩き出した。

「え、どこ連れてくつもりですか」

二人の後を追おうとした時、ブブブとバイブ音が響いた。自分の携帯を探すが、どうやら先ほどまで着ていた服や靴を詰め込んだ紙袋の奥深くに埋没しているようである。その間にも橋詰さんたちはどんどん歩いていってしまう。

「ちょっと待ってよ！」

橋詰さんはこちらを振り返らず、手だけを数回振った。

「あんたはゆっくりグジグジ考えなさい」

ヒトミは彼を真似して、どこか偉そうに手を振る。夕日に向かって去っていく彼女に苛立ちながら、私は紙袋を漁った。私に電話をかけてくるとすれば辻本先輩か丸山くんだろう。その電話に出れば、何かしら答えが見つかるかもしれない。そんな淡い期待をして私は携帯を引っ張り出す。だがそういう期待した時は、たいてい裏切られるのである。

画面には一文字「妹」という文字が映し出されていた。

妹のあかりが私の誕生日を祝うために電話をしてくるとは思えない。普段、一切連絡を取り合うことのないあかりからの電話に、両親や祖父母に何かあったのかと不安になりながら、私は恐る恐る通話ボタンを押した。

「なに?」

「なに、じゃないでしょ」

久しぶりに聞くあかりの声は明らかに不機嫌だった。外出中なのか、スピーカー越しに騒音が聞こえてくる。

「電話してきたの、お姉ちゃんでしょ」

「え」

あかりの一言に、私はハッとした。きっとヒトミが試着室で電話をかけたに違いない。バイト先の先輩より先に、実の妹に助けを求めるのは極々自然なことだろう。あ

かりにヒトミの説明をしたところで信じてもらえるはずがない。なんと言い訳をして電話を切ろうかと考えていると
「あのさぁ」
あかりのけだるそうな声が再び耳元に響いた。
「お姉ちゃん、タケちゃんの店行った？」

あかりに尋ねられても、私はしばらく返事ができなかった。

彼女の口からどうしてタケちゃんの名前が出たのか。なぜ会いに行ったことを知っているのか。さっぱり分からない。はい、行きました。そう素直に言えればいいのだけれど、それができないのが私である。「あぁ」とか「うぅ」とか唸りながら、この状況をどう切り抜けようか、必死に考えるも妙案は浮かばない。唇が乾き、喉もカラカラだ。体内の水分を小さな瞳からすべて放出してしまったらしい。

「もしもし？」

妹の声が明らかに苛立ち、刺々しくなっていく。私は口をつぐんだまま、体をさすり続けていた。日が暮れて急に肌寒くなってきた。梅雨明け間近のこの時期は天気が読めない。現に何度か洗濯物を雨に濡らしている。

「もしもし、聞こえてる？」

いつもの私なら「え、なんの話？」と、しらばっくれるところだ。でも今さっき橋詰さんやヒトミとあんな話をしたあとである。ここで逃げていては、このあとも選択なんてできないいんじゃないか。橋詰さん曰《いわ》く、最高のプレゼントとして現れたヒトミにも失礼なんじゃないか。そんな気がして、私は自分を奮い立たせる。今日だけは、逃げちゃ絶対駄目だ。夜の気配を漂わせた空気を思いきり吸い込む。これでもかってくらい膨らませた肺から息を吐き出しながら、私は妹に言った。

「あかり、今どこにいるの？」

ひとみと別れた私は橋詰さんと共に電車に乗っている。

車内は混み合っていて、私たちはドアにもたれかかり、外の景色を眺めていた。彼に切符を手渡されて、目的地も知らされぬまま山手線に揺られている。橋詰さんは口をつぐんだままだ。この沈黙を苦に思っていないようである。

ひとみと彼の仲の良さがどの程度なのか、いまいち分からないが、十八歳の私にとっては、橋詰さんは見ず知らずのおじさんにすぎない。汗におじさん特有の匂いが混じり、はっきりいって臭い。いざ二人きりになってみると妙に気まずく、なんだか息苦しかった。非常に情けないことだが、いざひとみと離れてみると、なんだか落ちつかないのである。未来の自分を前にしている時は強気でいられるのに、今は心細くて仕方がない。ひとみといる時は、自分が本体じゃないという実感がある。本体でないから何を失敗してもノーカンだ。そんな感じで強気でいられた。だから、ひとみではない誰かを演じられていたのに。一人になった途端、自分が本体なのか、なにものなのか、分からなくなってしまった。

「あの」

無言でいることに疲れた私が口を開くと、橋詰さんは目線だけをこちらに向けた。

「これから、どこに」

「降りるぞ」

こちらの問いに答えず、橋詰さんは開いたドアの間をすり抜けるように外に出た。そこは新宿だった。長いこと電車に乗っている気がしていたが、たった二駅しか移動していなかったらしい。人混みを縫うように、ふらふらとホームを歩く橋詰さんは、気を抜くと姿が見えなくなる。新宿に来るのは初めてではないが、一度たりとも最短距離でアルタ前にたどり着けたことはない。こんな場所で、はぐれたら終わりだ。橋詰さんを見失わないように、必死で後を追いかける。

「ねぇ、どこ行くの？」

橋詰さんは何も答えてくれないまま、西口改札を抜けるとビル街へと進んでいく。もしかしてどこかいかがわしい場所に連れていかれるのではないか。西口って歌舞伎町に近かったっけ。不安で胸がはちきれそうになっていると橋詰さんは古びたビルの前で立ち止まる。そして「ん」と、顎で何かを指した。

「え」

ビルの中を覗き込むと、そこは小さなホールのようだった。

「ここは？」

「お前がちやほやされる場所」

やっと言葉を発した橋詰さんはそう言いながら煙草をくわえる。ホールの中には、やたら着飾った大人たちの姿しか見えない。私が想像していたようなちやほやされる場所とは全然違う。

「あの、ここって」

「知り合いがやってる見合いパーティー」

「は？　婚活しろってこと？」

「じゃ」

　来た道を戻ろうとする橋詰さんを慌てて引き止める。

「いや、こんなの聞いてないし」

　私に袖を掴まれて、彼はあからさまに嫌そうに顔を歪めている。またデコピンされるのは嫌だ。必死に額をガードしたが、橋詰さんは無言で腕につけた時計をコツコツと叩いた。時計の針は十九時半を過ぎている。どうやら授業の時間が近づいているらしい。

「嫌だよ、お見合いなんて」

「なら行かなきゃいい」

　私を振り払い、彼はポケットに手を突っ込んだ。携帯灰皿を取り出すのかと思いきや、彼が取り出したのはくしゃくしゃの千円札数枚だった。

「茶でも飲んでろ」

　このオッサン、何言ってるんだ。

　急に橋詰さんがうさん臭い男に思えてきてしまう。考えてみればひとみの知り合いなのだ。変なやつに決まっている。自分をさげるようであれだが、私は未来の自分を一ミクロンも信用していないのだ。

「決めるはお前だろ」

「いや、だってさ。婚活って年でもないしさ」

「若いほうが、需要がある」

「でも結婚とか、そういうのまだ興味ないし」

「結局言い訳か」

「言い訳じゃないし！」

ひとみと一緒にされたみたいな気がして頭にきた。いや、同一人物なのは事実なのだけど。未来の自分相手にあれだけど、二十四の私より、今の私のほうが少しまともだと思っている。

「好きにしろ」

橋詰さんは時間が勿体《もったい》ないというように、すぐに話を終わらせにかかる。

「とりあえずこれは持っとけ」

苛立ちながらも、貰えるものは貰っておこうと私はお金を受け取った。

「あとであいつに返してもらって」

「最初からそのつもりだ」

黄ばんだ歯を見せ、彼は再び歩き出した。

お礼を言ったほうがいいのだろうか。そんなことを考えている間に橋詰さんは人混みの中に消えていった。残された私はビルに足を踏み入れていいものか分からずにいた。婚活パーティーって。こういうのに頼るほど男に困ってないし、と思いたいが、私がきちんとお付き合いしたのは丸山くんだけだ。二十四歳の私を見ると、未来の自分に期待できそうにない。だってあいつの周りにいるのは、好きだけど「なんだかなぁ」な腐れ縁の恋人と、いけ好かない先輩。そして親切なハゲだけだ。三人もいるんだから充分と考えるべきなのかもしれない。けれど私はどうしても信じられなかった。

十八歳の私は上京したてで、それなりに周りからちやほやされていた。もっと良い出会いがあっても良さそうなのに。二十四歳になるまでに、一体私に何があったのだろう。私からすれば、今現在は五年後の未来だ。プチ『バック・トゥー・ザ・フューチャー2』だ。知らないことが山ほどある。

「さぁてと」

今の私からするとプライドが許さないのだけれど、ここは未来の自分のために我慢すべきなのかもしれない。今の自分のためじゃなくて未来の自分のため。そう思うだけでちょっとハードルが低くなる。私は本体ではない。過去のひとみなのだ。

「ちやほやされてくるかな」

前髪を整えて、私はパーティーに足を踏み入れた。

エレベーターを降りると、そこにはあかりが待ち構えていた。

「やっと来た」

久しぶり、でも、元気、でもなく、さっそくあかりは私に不満をぶつける。

「アンタって絶対五分は遅刻するよね」

たしかに少し遅れたが、私は着くおおよその時間を伝えただけだ。頭ごなしに文句を言われ、アンタ呼ばわりまでされて、こちらも一気に不機嫌になる。謝りたくないので黙って店内に足を踏み入れた。

あかりがいた場所、それはタケちゃんのインテリアショップだった。

まさか再びここに足を踏み入れることになろうとは思ってもみなかった。カフェスペースは、昼間とはまた違う落ちついた雰囲気である。間接照明とテーブルの上に置かれたキャンドルが室内を揺らしていた。昼間よりお洒落度が増して、ムード満点である。そんな店の奥にあるソファにタケちゃんは座っていた。

「こん、ばんは」

「ごめんなさい、また足を運んでいただいて」

タケちゃんは申し訳なさそうに頭をさげ、大きなお腹を撫でた。

「タケちゃんはいいんだよ、大事な時なんだし」

すかさず、あかりがフォローを入れる。リクルートスーツに身を包んだ彼女は正月に会った時より痩せて、大人っぽくなっていた。女性らしい丸みを帯びた体のラインがスーツに浮かび上がっている。そういえば大学ではラクロスをやっていると母さんから聞いた気がする。肌は日に焼けていて、見るからに健康的だ。目つきの悪さ以外、私と彼女は体型も性格も正反対なのだ。

「早く座れば？」

刺々しい口調の妹に促されるまま、私はソファに腰掛けた。昼間座った席よりもゆったりとした作りで腰がクッションに埋まっていく。これも売り物なんだろうか。値段を確かめたいが、薄暗くて確認できない。

「二人とも、今でも繋がってたんだね」

黙っていると、あかりの尋問が始まりそうだったので、私は先手を打つべく質問をした。

「二、三年前くらいかな」

口を開いたのはタケちゃんだった。

「フェイスブックで、ね？」

同意するように頷き、あかりは面倒そうに口を開いた。

「就活のこととかいろいろ相談乗ってもらってんの」

「へぇ」

相槌を打つと、あかりは不機嫌そうに口を尖らせた。

「だってお姉ちゃんに聞いても分かんないでしょ」

非難も文句も言っていない。ただ「へぇ」と言っただけなのに。どうしてそんな刺々とした物言いしかできないのか。いつも妹と私はそうなのである。一緒にいると理由もなく互いに刺々しだして喧嘩になる。

「それで、なんでなの？」

先手を打ったのも空《むな》しく、あかりはすぐに本題を切り出した。

「なんでタケちゃんのとこに来たわけ」

私は黙ったままピアスを撫でる。なんでと言われても全部ヒトミのせいだ。本当は来たくなかった、なんて言えるわけもない。

「アンタさ、聞いてんの？」

「あっちゃん、アンタなんて言っちゃ駄目だよ」

タケちゃんになだめられると、あかりは素直に口をつぐんだ。タケちゃんの声は穏やかで落ちついていて、本当に私と同じ年なのか疑いたくなるほどである。タケちゃんに怒られた、とでも思っているのだろう。あかりは萎《しぼ》んだ風船みたいに体を小さくしてうなだれた。

「さっきはすぐ思い出せなくてごめんなさいね」

タケちゃんは少しだけ勢いをつけてソファから立ち上がった。

「あ、私やるよ」

あかりはすぐさま後に続こうとしたが、それを抑え込むように「お客さんは座ってて」と微笑み、タケちゃんはカウンターへと歩き出した。お腹を庇って進む彼女の動作ひとつひとつが、私には柔らかで優雅に映った。同じものを見たとしても、私の目に映る世界と彼女の目に映る世界は全く違って見えるのだろう。なんとなくそう思った。

用意されていた魔法瓶の中身を丁寧な手つきで、タケちゃんはカップに注いでいく。

「ほうじ茶なんだけど、コーヒーのほうがいいかな」

「あ、大丈夫です」

タケちゃんは湯気のたつカップを私の前に置き、あかりの手を借りて再びソファに座った。

「さっき、あっちゃんから連絡貰って、それで記憶が繋がったの。ごめんなさい」

「あなたが、謝ることない、です」

タケちゃんと気軽に呼ぶことができず、妙に他人行儀になってしまう。

「ふと、あなたのこと思い出して急に懐かしくなって、それだけです。こっちこそごめんなさい」

あかりは眉間にしわを寄せて鼻を鳴らす。

「どうでもいいけど、タケちゃんに迷惑かけないでよね」

「別に迷惑なんて」

「かけてるよ、お姉ちゃんはいつも」

彼女が発した「お姉ちゃん」という単語には、これでもかというくらい怒りが込められている。こんなふうに嫌々呼ばれるならば、アンタ呼ばわりされるほうがよっぽどマシである。

「本当いい加減にしてほしいんだよね」

この際だから言わせてもらう。そう言わんばかりに妹は語気を荒らげた。あかりはこちらを向いているが、目線は交わらない。目線を追っていくと、私の左手にぶつかった。彼女が火傷跡を睨みつけているのである。

「お父さんとお母さんが何も言わないからって好き勝手してさ」

「いや、いつも怒られてるよ」

「あんなの怒られたうちに入らない、昔からみんなお姉ちゃんに甘いんだよ！」

たしかに厳しくされた記憶はないけれど、両親が私に、特別甘いとは思わない。幼い頃の反動なのか、最近はどちらかというと放任主義だと思う。その証拠に娘の誕生日だというのに連絡ひとつくれないのだから。

「そんなことないよ、普通だよ」

私が言うと、あかりはすぐに噛みついてきた。

「普通じゃないよ、バカじゃないの⁉」

「あっちゃん」

タケちゃんに構わず、あかりは喋り続けた。

「お父さんもお母さんも、いっつもお姉ちゃんと丸山さんの心配ばっかりして、ちょっと連絡くるだけで大喜び。おかしくない？　ただメールきただけなのにさ！」

「それは、離れて暮らしてるからで」

「なんでお姉ちゃんに二人が優しいか分かる？」

話を遮るなと言わんばかりに、あかりは声を張り上げた。最初から私の反論など求めていないのだ。

「好きにさせないと、家に帰ってこなくなるからだよ。連絡がこなくなるからだよ。何してるか分からなくて不安だからだよ。いい年こいてさ、親にそんな思いさせて、恥ずかしくないの？」

怒り狂うあかりを見て、タケちゃんは青ざめていたけど、私の感想は「あぁやっぱりな」だった。妹が駄目な私に怒っていることは昔から知っていた。反面教師にしかなれないどうしようもない姉という自負もあった。想定内ではあるけれど、ここまでコテンパンに言われると、さすがにちょっと凹む。あかりは私が今日誕生日だって忘れているんだろう。いつも喧嘩ばかりとはいえ、私は彼女の誕生日を忘れたことないのにな。「やっぱりな」の裏側からじわじわと悲しみが湧き出てくるのが分かった。

「まぁ、私としては一生帰ってこなくてもいいんだけどね」

あかりの話は続いていたが、次第に耳に入らなくなってきていた。

良いことをしてあげた記憶もないけれど、悪いことをした記憶もない。お菓子を半分こする時は、大きいほうを彼女にあげた。公園の帰り道、転んでしまった彼女をおぶって帰ったりもした。こんなこと言うと恩着せがましいと怒られそうだけど、私なりに、良い姉でいようとはしたのだ。

「どう生きようが勝手だけど、頼むからさ、私の生活範囲に入ってこないでよ」

なんでそこまで言われなくてはいけないのだろう。ちゃんとした姉ならば、きちんと怒るところなのかもしれない。けれど、私は駄目姉貴だ。

「それってタケちゃんのこと？　それとも家にも帰ってくるなってこと？」

これ以上彼女を怒らせたくなくて、猫撫で声になる。あかりは何も答えてくれない。だから私は質問を重ねる。

「私、そこまで悪いことした？」

「してるよ」

彼女は即答した。

「しょうもないお姉ちゃんのせいで、普通に生きてる私ばっか損するんだよ！」

「あっちゃん！」

タケちゃんが声を荒らげ、あかりの肩を摑んだ。あかりの視線は無理やりにタケちゃんに合わせられる。

「そんな言い方間違ってる、どんなことだって人のせいにしちゃ駄目だよ」

かつて親友だった人が妹を真剣に叱りつけている。

私はその様子をぼんやりと眺めていた。本来ならば妹を叱るのは私の役目なのに。タケちゃんと仲良くするのは私の役目なのに。その両ポジションは違う人で埋まってしまっている。

「ごめんね。就活うまくいってなくて、ちょっとイライラしちゃってるんだよね」

タケちゃんがどうしてあかりのために頭をさげるのか、私にはよく分からなかった。

「私は嬉しかったよ、お店を訪ねて来てくれて」

タケちゃんは大人だなぁ。つくづく私は思った。だって、そんなこと思っているわけないのに。私とあかりの仲を取りもつために嘘をついてくれる。優しい眼差しを、優しい言葉を、私なんかのためにくれるなんて。

「ごめん。小学校の頃、嫌な思いさせて」

自然と言葉が口からこぼれていた。タケちゃんは言葉に一瞬詰まったようだが、すぐに笑顔を繕った。

「昔のことじゃん、私もよく覚えてないし」

「でも謝りたいの。ごめんなさい」

「何それ。ただの自己満じゃん」

妹に吐き捨てられて「自己満だよ」と私は頷いた。

「分かってるよ、これは自分のための謝罪だって。謝ったって自分がしてきたことは消えないし」

あかりは何か言いたそうだったけど、私は言葉を遮られないよう必死で口を動かした。

「あんたと同じで私はこういう私が嫌い。けどそれじゃ嫌だから。何かを変えたくて結局タケちゃんを利用してるのかもしれない。ごめんなさい」

タケちゃんは黙ったまま、私の顔を見つめていた。きっとかける言葉が見つからないんだろう。

「もう二度とここには来ないから、ごめんなさい」

私は注がれたほうじ茶を一気に飲み干した。思った以上にまだお茶が熱くて、ちょっと舌を火傷したけど、ぐっと我慢した。私は立ち上がり、タケちゃんに深々と頭をさげた。

「妹によくしてくれてありがとう。私が言えたことじゃないけど幸せになってください」

私はそのままエレベーターへと駆け出した。絶対後ろを振り向かない。早くこの場から消えるのだ。そう思い、必死にボタンを押したが、エレベーターはちょうど一階に下りてしまったらしく、なかなか扉が開かない。

「そういうのがうざいんだって！」

あかりが私の背中に向かって吠える。顔を見なくても、彼女が苛立っていることが分かった。

「ちょっといいことっぽいことすれば今までの全部が帳消し？　なら最初からちゃんとしなよ！」

ぐぅの音もでない正論だ。

その時、やっとエレベーターの扉が開き、私はそのまま中へと飛び乗った。二人の顔を見ないように背を向けたまま、扉が閉じるのを待つ。ゆっくりと下りていく小さな箱の中で、私はヒトミのことを思い出していた。

「やっぱり、謝ったって意味ないじゃん」

ふとスマホを見ると一通のメールが届いている。それは父さんからだった。

「おめでとう、誕生日楽しんでるか？」

私のタイミングの悪さは、もしかすると父親譲りかもしれない。タケちゃんには引かれ、あかりにはさらに嫌われる。気分は最悪だ。でもそんなことを伝えても仕方がない。それこそ、あかりが言うように両親に心配をかけるだけだ。私は「うん、ありがとう」とだけ返事をして、スマホをポケットにしまう。

雑居ビルを出て、私はとぼとぼと歩き出した。丸山くんのところに行くか辻本先輩のところに行くか答えは出ない。ヒトミは私の連絡を待っている。どうしたらいいのかさっぱり分からない。ただ生きているだけなのに、両親に心配をかける。あかりを苛立たせる。みんなを怒らせないように、誰かが全部人生の選択をしてくれたらいいのに。それが無理ならば、いっそこのまま消えてなくなりたかった。

「ひとみ！」

誰かが私の名前を呼んでいる。それに気づくまでに、かなりの時間がかかった。ぼんやりと周囲を見まわすが、そこには誰もいない。過去の自分が出てきた次は幻聴が聞こえるようになったのか。そんなことを考えていると、

「ひとみ！」

再度、名前を呼ばれた。

「ひとみ！」

天から声が聞こえてきた。空を見上げると、雑居ビルのベランダからタケちゃんが顔を出していた。

「またね！」

タケちゃんは大きく身を乗り出してこちらに手を振っていた。

そんな体勢しちゃ危ないのに。赤ちゃんびっくりしちゃうのに。タケちゃんは手を振るのをやめようとしない。

「またね！」

私は彼女に向かって手を振り返す。

この行為にどういう意味があるのか分からない。「またね」という言葉にどんな意味があるか分からない。それでもちょっとだけ今までのことが許されたような気がして、手を振り続ける。腕が痛くなるくらい、力を込めて何度も何度も。先ほどまでの憂鬱さが消えていく。暗雲垂れ込めていた胸の中に、一筋の光が差したような気がした。

私は覚悟を決めた。

この際だ、きちんと自分の過去と向き合いつくしてやる。

しくじったね、ひとみ

--:--

いつからだろう。

私の中に二人の丸山くんが存在するようになったのは。

一人は幼い頃からずっと見つめ続けているキラキラ輝く大好きな宝物。そんな存在の丸山くん。

そしてもう一人は見慣れて食べ飽きた、実家のご飯みたい。そんな存在となった現実の丸山くん。どっちも同じ丸山くんのはずなのに、どっちも大好きなはずなのに。

私の中で二人にはどんどんズレが生じていき、まるで別人のように認識するようになっていた。

最初のズレが始まったのは、高校三年が終わる頃。丸山くんが美大に落ちたと知らされた日だった。事実を聞かされた時、私はすぐに信じることができなかった。頭が良くて絵が上手で、他の人とは何かが違う。天才少年であるはずの彼が不合格だなんて。そんなことがあるはずがない。そんな番狂わせは起きてはいけない。だって彼と一緒にいるために、私は東京の短大に進学を決めたんだから。

「まぁ美大受験って、二浪三浪が当たり前だから」

丸山くんは平然とそう言って、戸惑う私の火傷跡に口づけをした。

不合格を知らされた時、私たちは地元から三駅離れた場所にある寂れたラブホにいたのである。わざわざ三駅離れた寂れたホテルに行っていたのは、もちろん人目を避けてのことだ。ポイントカードが何枚更新されたのか。私たちのアルバイト代の何割が、このホテルに消えていったのか。たまに考えるのだが、いつも途中で恐ろしくなって計算するのをやめてしまう。

「次はなんとかするから」

話はそれだけだと言うように、丸山くんは行為に専念し始めた。

だって休憩時間は二時間しかないから。指先から太ももまで。ミシン針みたく規則正しく、ついばみ続ける彼の髪に触れて、私は静かに目を閉じた。

丸山くんの息遣い。煙草の煙で薄汚れた照明。ちょっとベタつくテレビのリモコン。シーツのしわ。垂れ流されるAVのいかがわしい雑音たち。こんなどうでもいい日のことばっかり、私は事細かく覚えている。

不合格を告げたあとの一連の行為は、今のルーティーンSEXとは比べものにならならならないくらい、丁寧で優しく、熱を持ったものだった。それなのに、あの時、ぼんやりと他のことを考えていた。色んな経験や知識があることはもちろん素晴らしいけれど、何かと何かを比較できてしまうことって厄介だ。私が考えていたのは辻本先輩のことだった。彼ならば、今、私の胸に渦巻く、丸山くんに対する「ちょっとだけ腑に落ちない気持ち」をあっという間に快楽で消し去ってくれるんだろうと。

「ひとみ、太ももこうされるの好き?」

彼の問いに我に返り、私はコクコクと頷いた。全く違う人のことを考えていたなんて絶対悟らせてはいけない。馬鹿な私でもそれくらいは分かった。彼の頭を撫でながら、私はさっき言われた言葉を反芻《はんすう》する。そうか、あの丸山くんをもってしても、二浪三浪は当たり前なのか。そんなふうに自分を無理やり納得させた。どうしても納得できない部分は、自分を卑下することで埋め合わせをした。

何度挑戦してでもなりたいものなんて、私にはない。叶えたい夢もない。だから彼の気持ちが分からないだけなのだ。そうだ、そもそも私は「丸山くんの彼女になる」という夢を、もうとっくのとうに叶えているんだった。すでにハッピーエンドを迎えている。だからもう人生の冒険はおしまいなのである。ここからまた何か目標を見つけて、狭き門に果敢に挑み、失敗しても諦めない人生の冒険なんてごめんだった。だから、かっこいい夢があって人生の冒険途中の彼を「まぁ素敵。やっぱり丸山くんって最高」って肯定して認めてあげるのが私の役目なんだ。

高校卒業後、丸山くんと離ればなれになってしまうのが不安だった。

また彼が生活にいっぱいいっぱいになって連絡が取れなくなることが怖かったのである。けれど、それは杞憂に終わった。彼が東京の美大予備校に通い始めて、週一は会う時間が確保されたのである。予備校の前日から泊まりに来てくれることも多くて、下手したら二人きりの時間は地元にいる時より多くなっていた。

私の部屋に来るたび、彼は予備校で描いたデッサンを見せてくれた。こんなすごい絵が描けるなんて、やっぱり天才だと思った。石像や果物のデッサンを見るたびに、私の中に存在する『二人の丸山くん』のズレは小さくなっていく。単純な私は簡単に丸山くんに惚れ直した。週に一度しか会えないことがあの頃の私にはちょうど良かった。

正直な話、上京したての私は浮かれていた。初めての一人暮らし。妹や親を気にせず、二時間数千円のお金を払わずとも、丸山くんといちゃいちゃできるのが楽しくて仕方がなかった。へたくそなりにご飯を作り、一緒にお風呂に入り、ツタヤで借りた

DVDを観て、抱き合い、同じ布団で眠る。平日は短大の仲間と遊び歩き、飲みに行けば、こんな口下手で目つきの悪い私でさえ、周りの男からちやほやされた。たまに辻本先輩からも連絡がきて、たまに美味しいものをご馳走になったりもした。

平日ちやほや、休日いちゃいちゃ。

これが大学生というものなのか。薔薇《ばら》色の、いや、下品な蛍光色に輝く生活に私は痺《しび》れていた。ドラマみたいで最高。イケてなかった中高生活が嘘のように私は体の奥まで満たされていた。飲み会、合コン。クラブにプール、スノボー。バーベキューに旅行にサークル活動。面白そうなことにはすべて足を突っ込んだ。東京は地元のように狭い世界ではない。広げようと思えば、どんどん新たな出会いがある。知り合いが増える。ピアスをたくさんあけたのも、この時期だった。

そんなろくでもない生活が一年近く続いた頃だった。

丸山くんから美大受験に再び失敗したことを聞かされたのは。

その時はラブホではなく、電話だった。

「また一年頑張らなきゃね」

浪人生活が続く彼に、私は心底同情した。彼にも早くこの楽しい生活を味わわせてあげたかったのである。それに私は人から同情されたり励まされたりするのが当たり前で、自分が励ます側に回るのは稀だから、どうすれば丸山くんの心を少しでも晴れやかにできるのか分からなかった。言葉が続かず、彼氏の夢を応援する彼女を演じることしかできない自分が不甲斐《ふがい》なくて仕方ない。電話なのに心配そうな表情を必死に浮かべる私の耳に飛び込んできたのは予想外の言葉だった。

「春から、美術系の専門行くから」

私の慰めなど、最初から丸山くんは求めていなかったのだ。

彼はいつの間にか東京にある専門学校に進学を決めていたのである。あんなに頑張って予備校に通っていたのに、結局お金さえ払えれば誰でも行けてしまうそんな学校を選んだのである。

この時、また大きく現実と理想の丸山くんがズレた。

言っておくが、別に専門学校に行くことに文句があるわけじゃない。私だってFランクとDランクの狭間《はざま》にあるような女子短大に通っているんだから。私の胸には、一年前に火傷跡や太ももをついばまれながら言われたあの言葉がずっとこびりついていたのだ。

美大は二浪三浪が当たり前。

あれだけ夢に一直線だったはずの彼が二度の失敗で方向転換したことに驚いた。それに高校進学に続き、また勝手に進学先を決めたことにもショックを受けていたのである。

「そっかそっか。おめでとう」

私はショックをそんな薄っぺらな言葉で誤魔化した。同情したり励ましたりしたあとの話題の引っ込め方も、私はへたくそだった。

まぁ一緒にいられる時間も増えるし、いいか。

そんなふうに楽観視した過去の自分に、言ってやりたい。

「今こそ杞憂するタイミングだよ」と。

考えればすぐ分かることだ。この展開こそ、高一の頃と全く同じ。環境が変われば、また彼のお猪口《ちょこ》くらい小さなキャパシティがいっぱいいっぱいになってしまうってことが。

専門学校に進学した丸山くんは、ちっとも私に構ってくれなくなった。アパートにこちらから押しかけないと会ってもくれなくなった。やっと会っても彼は、どこか面倒くさそうにしていたり、私を置いて勝手に出かけてしまったりもした。

「今は吸収の時期だから」

そんなふうに言っては友達と浮かれて遊ぶばかり。自分と同じような感覚を持つ仲間ができて嬉しかったのだろう。急にアーティストかぶれになって、髪を染めて、ピアスをあけて奇抜な服を好むようになった。アホみたいに高い柄のシャツに柄のパンツに柄の靴。一緒にいても目がチカチカしてしまうのでテレビばかり観てしまう。すると彼は一緒に見ているドラマやバラエティを馬鹿にするようになった。

「テレビが人をバカにする」

「これじゃクリエイティブな思考は育たない」

誰から聞きかじったのか、薄っぺらい言葉を口にするようになった。ことあるごとに「表現者」と口にするようになったのもこの時期である。

「表現者を目指してるやつって、やっぱりどこか尖ってるんだ。だから俺も自分なりの尖りを見つけないと」

表現者とか尖りとか、そういう抽象的な言葉で、ふわっとしたことを言うようになった。友達とアトリエを借りて個展を開いては、私にはさっぱり分からないイラストや写真を飾り、得意げになっていた。

さっきから丸山くんへの駄目出しばっかりになっているけど、別に自分を棚に上げるわけじゃない。二十歳の私は、薄っぺらくて頭が空っぽな短大生だった。あの頃の私たちは、ある意味、お似合いカップルだった。でも、それが私は嫌だったのである。丸山くんには、薄っぺらな私と同じラインまでさがってほしくなかったのだ。

奇抜なことをするのがかっこいいみたいな似非《えせ》アーティスティックな思考を持つ仲間に囲まれた彼を見るたびに、私の中でどんどん丸山くんがズレていく。やがて彼は個展も開かなくなった。前はよく描いた絵や写真を見せてくれていたのに、作ったものを私に一切見せてくれなくなっていた。「宝物の丸山くん」から違う方向へと、どんどんズレていく彼に、私はかなり苛立っていた。

今考えればもっと広い心で迎えてあげればよかったのだと思う。丸山くんも私と同じで、上京したてでウカレちゃっている、ただのガキんちょだったんだから。でも、当時の私はいっぱいいっぱいで、心のキャパシティはお猪口どころか、ペットボトルの蓋くらいしかなかった。

理由は簡単だ。

就職活動が始まり、友人たちが遊んでくれなくなったのだ。みんながみんな、足並み揃えて、将来というものを考え始めてしまったのである。自分をちやほやしてくれていた男友達も消えていった。

その時になって私はやっと気づいたのである。私は複数で遊ぶ分には良いけれど、一対一の相手には選んでもらえない。あくまでも友人たちのおまけ。数合わせとして最高の人材だったのだと。そうなってくると遊んでいた友人も、本当に友人だったのか分からなくなって、私は彼女たちを避けるようになった。

いや、結論から言おう。友人ではなかったのだ。

私が彼らから一歩距離をおいた途端、交友関係はあっという間に切れてしまったのだから。残念ながら東京で出会った誰からも、私はかけがえのない友達というやつには選んでもらえなかったのである。

上京して人生が変わったつもりだった。自分自身で世界を広くしたつもりだった。けれど違った。結局、私がしていたのは輝かしい世界の観光ツアー。おのぼりさん丸出しで、どの場所にも居場所なんてなかったのだと思う。それに気づかないふりをしていられるほど、私は強くない。

母さんからは就活を真面目にしているのかと毎日のように言われて、父さんからは「駄目なら帰って見合いでもすればいい」と、昭和何年の話ですか、という励ましを受けた。本当は丸山くんに甘えたかったけど、彼は頼りにならない。そんなこんなで私は苛立っていたのである。

「俺が言えるのは、そんな男と早く別れろってことだね」

この時期、辻本先輩はよく私に電話をくれた。きっと私の状況を察していたんだろう。私は先輩に甘えて、何時間も愚痴をこぼしていた。

「自分を幸せにしてくれない相手と一緒にいて、なんの意味があるの？」

先輩への返しは、いつも決まっていた。

「でも情があるじゃないですか」

なんだかんだいって丸山くんを好きだという事実を、私は情という言葉に包むことで隠していた。

「そっか、まぁ、ひとみちゃん次第だから好きにすればいいよ、全部」

辻本先輩は、私を否定せず肯定せず、いつもちょうどいい言葉をくれる。

でもそのあとで「でも」と、言葉を区切って言うのだ。私の心を抉る一言を。

「就職先決まってないのはやばいね」

大学四年だった彼はとっくに就職先を決めていた。今も働いているスマホアプリの会社である。その当時は「先輩ならもっと大手のところ狙えるのに」と不思議に思ったが、四年の時が経った今、スマホの普及に伴って先輩の会社は急成長。先輩もあれよあれよといううちに出世していった。入社二年目に先輩が考えたカメラアプリは、爆発的ヒットを記録して、今では女子高生のスマホに必ず入っているといっても過言ではない。天才というのは、丸山くんではなく先輩のような人を指すのかもしれないと、今では感じている。

「自由に生きるためには、まずは自立しなきゃね」

辻本先輩はまっとうな意見で、じわじわと私を追いつめていく。

「こ、今度あれ行くんですよ」

辻本先輩に「やばい」と思われたくなくて、私は必死に口を動かす。

「あれって？」

「教育実習」

親に言われてしぶしぶ教職の授業を取っていたのである。はっきり言って面倒くさくて仕方なかったけれど、丸山くんにも「先生になるなんてすごいよ」とか「資格を持っておくのはいいよ」なんて言われて単位を取り続けていた。

「え、ひとみちゃんが先生？」

先輩の声がぐもる。スピーカーに向かって噴き出したのが分かった。

「なんですか、その反応」

「それって、やばくない？」

やばいと思われたくなくて実習の話をふったのに、またやばいを上塗りされてしまった。

「やばいってなんですか」

「だってひとみちゃんだよ？」

笑いながら言われたその一言に、私は結構傷ついた。

「なんですか、その理由」

私だからやばいって、そこまで人間性を否定しなくたっていいじゃないか。私は不満たらたらで文句を言い続けたのだった。


「えっとぉ、日直さぁん！　号令！」

笑顔を引きつらせながら、私は教壇の上で声を張る。

辻本先輩に止められたにもかかわらず私は教育実習に参加していた。場所は都内の中学校。受け持つのは三年生のクラスである。地元に戻り、母校でのほほんと実習をすることもできたのだが、それはしなかった。

理由は簡単。私は東京から、丸山くんから離れたくなかった。正確には「ひとみがいないと楽だなあ」って彼に思われたくなかったのである。

「あのぉ」

私の声は教室に響くことなく生徒たちのお喋りでかき消されていった。ちらりと横にいる指導教師であるオバチャンに目をやるが、まるで聞こえていないように遠くを眺めている。自分で解決しろってことなのだろう。

「日直さぁん」

咳払いをしてから声を張り上げると、生徒の一人がかったるそうに立ち上がった。

「きり〜つ」

バラバラとタイミングをずらしながら、生徒たちが立ち上がる。

「気をつけ、礼」

「おはようございまぁす」

けだるい挨拶が終わり、生徒たちは再び席に着く。笑顔は引きつりすぎて、ぎこちなさだけが相手に伝わっていく。私は教室を見まわす。

「欠席者はぁ、いませんね。朝のホームルームで、お伝えすることは、特にありません。えっとぉ」

私が口ごもるたびに、生徒から失笑が漏れる。

「えっとあの、今日も一日頑張りましょう、以上です」

「きり～つ」

日直が食い気味に声をあげる。

さっさとホームルームを切り上げたくて仕方ないのだろう。

「気をつけ、礼」

口早に言うと、こちらの気持ちなどお構いなしに朝のホームルームを終わらせてしまったのだった。

「帰りはもっときちんとね」

オバチャン指導教師は私の耳元で囁くと、さっさと廊下に出ていってしまった。実習生を任されて面倒で仕方がないんだろう。げんなりしながら出席簿を抱える。生徒に背を向けてから黒板に書かれていた落書きを消す。その間は引きつった笑顔をやめて、いつもの不機嫌寄りの無表情な私でいられるのだ。

顔のストレッチを終えて教室を出ようとすると、別のクラスの男子がドアからひょこっと顔を出した。その男子と一瞬だけ視線が交わる。

「わ、マジお前のクラスはずれじゃん」

彼はすぐに視線を私から友人にそらしてそう言った。

どっと教室が沸く。女子の「ひっどぉ〜い」という感情のこもっていない声が聞こえる。私は何も聞こえていないふりをして教室を出た。

何がはずれだ。ふざけんな、クソガキ。

そう思いつつも私は平静を装い、廊下を歩く。全く困ったものねぇ、とヘラヘラと笑い大人の余裕をアピールすることしかできなかった。実習生といったって相手は中学生。たいして年が違わないのだ。

私みたいなやつはナメられて当然なのかもしれない。

この生活が、あと三週間も続くのか。廊下を歩きながら、思わず溜息が漏れる。別に生徒たちの冷たい態度のせいじゃない。ガキの戯言《たわごと》なんて受け流せる。私だって、私みたいな実習生が自分のクラスに割り当てれたらテンションさがるだろう。可愛くもないし、愛想もないし、馬鹿短大生だし、いいところがない。私を悩ませているのは、生徒ではなく実習生の仲間だ。

「あ、ちょうどいいところに来た」

控室に戻ってくると、実習生仲間である榊原《さかきばら》さんが待ち構えていた。

こういう人が当たりの先生というのだろう。ハキハキとした物言い。人懐っこそうな笑顔。大学四年間をチアリーディングに捧げてきたらしく、肌は小麦色に焼けている。この中学出身で、先生のウケも良い。典型的な常にクラスの中心にいたんだろうなというタイプの女の子で、実習チームのリーダー的存在になっていた。

「こういうのやめてもらえる?」

「こういうの?」

私の鸚鵡《おうむ》返しにカチンときたのか、彼女は眉間にしわを寄せて「だからぁ」と語尾を伸ばした。

「この机、あなただけの場所じゃないからさ」

榊原さんは長机をコツコツと指で叩いた。控室には八人の実習生用に二卓の長机が用意されている。つまり一卓の机を四人で使っている。

運が悪いことに私と榊原さんの机は同じだった。しかも教科も同じ国語である。

彼女は机の使い方が汚いことに怒っているのである。机を見やると、私が積み上げていた資料が雪崩《なだれ》を起こして榊原ゾーンに侵入していた。

「あ、ごめんなさい」

「うん別にいいんだけどさ」

榊原さんは全然別によくない感じで言った。

「実習生、ここ出身のやつばっかりだし、一人だけ年下だし、やりにくいと思うしさ」

「はぁ」

「なんかあるんなら、いつでも頼ってくれていいし」

彼女はそこで話を切り上げて、実習生の男子グループの輪に戻っていった。さっきの「別にいいんだけどさ」と一緒で、きっと本当に私が頼ってきたら困るくせに。

そう思いつつも私はヘラヘラしながら「ありがとうございま〜す」と頭をさげる。

榊原さんからは返事はない。もう誰も私のことなんて見ていなかった。

ボタッボタッと胸の中で、ドーナツが落ちてつぶれる音がした。

ドーナツ屋でのバイト初日と同じ衝動と、私は闘っていた。今すぐここから逃げ出したい。別に教師になんてなりたくない。でも就活もやりたくない。教育実習は親に文句を言われないためだ。辻本先輩にやばいって言われないためだ。丸山くんが構ってくれない暇つぶしのためだ。ここでやめたら親にも、辻本先輩にも、丸山くんにも「あぁ、やっぱり駄目だったのね」と呆れられるのが嫌だから、やっているようなものだ。

「別にいいんだけど」

榊原さんを真似して小さく呟いてみる。心を無にするのは得意だ。死ぬほどつまらないけれど、たいていの物事は、我慢していれば、必ずいつかは終わる。心を殺して、ぼたぼた足元に、つぶれたドーナツを落としていればいいのだから。

生徒から全然好かれなくてもいい。実習生の友達ができなくてもいい。とにかく三週間を乗り切ろうと、私は必死だった。そんな日々が一週間くらい続いた時だったろうか。

「あの」

掃除を終えて教室を施錠していると、突然声をかけられたのだ。それは私が担当しているクラスの男子だった。クラスの中心でもなければ嫌われているわけでもない、いわゆる普通の子だった。

「何か、用かな？」

授業以外で生徒に声をかけられるなんて初めてだった。しかし男子は「あの」と言ったきり何も言葉を発さない。教室で、男子生徒と二人きり。ほんの少し甘酸っぱさを感じながら、私は大人ぶって尋ねた。

「どうしたの、かな？」

「覚えてないいんですね」

「え」

「僕の名前」

一瞬にして甘酸っぱい気持ちが吹っ飛んだ。指摘通り、私は彼の名前を覚えていなかったのである。

「あ、ごめんんね。私、物覚え悪くて」

言い訳も思いつかず、謝ると、

「ていうか覚える気がないんですよね」

その子は私にそう言った。

「え？」

「別にいいんです、名前なんて覚えなくて」

戸惑う私を無視するように、彼は鞄《かばん》を手に取り身支度を始める。

「でも授業はもう少しまともにやってもらえますか」

「まとも?」

「困るんです、中間試験に影響とか出ると」

彼の鞄はずっしりと重そうで、肩に鞄の紐が食い込んでいた。

「あなたにとっては数週間のことでも、こっちには一生に関わることなんで」

彼は捨て台詞を残し、教室のドアをピシャリと閉めた。


「そんなの責任転嫁だと思わない?」

丸山くんの部屋のパイプベッドに横たわり、私は不貞腐れていた。足元に不満というドーナツが積もりすぎて、それで足を滑らせてしまった。そんな感じだった。

「そうだねぇ」

生返事をする丸山くんは隣に寝転び、コンビニの弁当をつついている。行儀が悪いなぁと注意したかったけれど、ぐっと気持ちを抑えた。愚痴を聞いてもらうのだ。これで五分五分である。

「一生っておおげさだし。ていうか学校の授業なんて結局個人の頑張り次第じゃない。それを私のせいにするなんてさ」

彼は黙々と箸を動かしていた。

「こっちだって好きで、あんたの授業もってるわけじゃないしって」

相槌が返ってこないので、丸山くんを見やる。彼は弁当を食べるのをやめて俯いていた。電池を抜かれたおもちゃみたいな彼に苛立ち、私は尋ねた。

「なんで黙ってんの？」

「最近、ひとみ愚痴ばっかだから」

丸山くんは弁当の蓋を閉じ、ビニール袋に押し込むと口をしめた。

「教師になりたいって思ったんでしょ」

「え」

「だってほんのちょっとでも思ってなかったら、普通教職なんて取らないでしょ」

私は「まぁ」と頷く。

もちろん短大に入学した時は、ほんの少しは教師もいいかなって思った。でもそんな気持ちは、とっくに吹っ飛んでいた。今では周りに言い訳するための道具にすぎなかった。

「なら頑張りなよ」

丸山くんは少しだけ鼻で笑ってから、私の頭を撫でた。

「ひとみの場合はさ、頑張れば、なりたいものになれるんだろ。なら頑張るしかないじゃん」

そこにいたのは、私が好きだった丸山くんではなかった。私の心の中にいる、キラキラとした彼ではなかった。頑張ればなりたいものになれる、その言葉のニュアンスは確実にこちらを馬鹿にしているものだった。私の脳内にいる「宝物のような彼」に言われるならまだしも、今の彼に、私を馬鹿にする資格なんてない。

「え、それってどういう意味？」

気がつくと、私は彼の手を払いのけていた。

「あぁ教師と表現者は違うもんね」

「ひとみ？」

「じゃあ丸山くんは、なんか頑張ってるの？」

「怒るなって」

丸山くんは突然怒り出した私に困惑してベッドから立ち上がった。逃がすものか。

私は彼の腕をむんずと掴んだ。

「自分が目指してる夢は……表現者は頑張ってもなれるわけじゃないからってこと？」

「別にそんなこと言ってないだろ」

私が感情的になっても彼は冷静だ。その淡々とした態度がさらに私の怒りをかきたてた。

「丸山くんだって頑張ってないじゃん」

こんなこと言いたくないのに、勝手に口が動いてしまう。

「最近全然絵も描いてないし、はっきり言って全然尖ってない」

自分の足元に落ちた不満のドーナツを拾い上げては、丸山くんにぶつけているようだった。酷いことをしている意識はあるのに、彼を傷つける言葉を吐くたびに、心がすっとして、とても気分が良かった。

「昔の丸山くんのほうが尖ってた。今はどこにでもいる、いや、ちょっとダサいあんちゃんだよ」

すべてを吐き捨てて、私は彼の腕を離した。

「今日は帰る」

荷物を抱えて玄関へと向かう。

「送ってくよ」

背後から丸山くんの声が聞こえたけど、私は無視して外に出た。彼は追ってこなかった。ここからが私の思い出したくない過去の始まりである。

教室の隅で、こっそり携帯を確認して私は唇を噛んだ。

荒れていた部分の薄皮が破れ、血が滲む。思ったより強く噛みすぎてしまったようだ。下唇がチリリと痛む。私がずっとずっと欲しているものは、やっぱり携帯に届いてはいなかった。それに苛立ち、思わず舌打ちしそうになって慌ててこらえたのである。

今は授業中だ。

私の舌打ちが響き渡れば、担当教諭に大目玉をくらうだろう。唇をひと舐めして、静かに呼吸を整える。チョークが奏でる音を聞きながら、私はそっと、指を四本折りたたむ。

今日で四日だ。

丸山くんの部屋を飛び出して四日が経つ。

彼からはメールも電話もない。この世から携帯なんてなくなればいいのに。そうすれば、こんなわずらわしい思いをしなくて済むのだろうに。あの時、なんで部屋を飛び出してしまったのだろうか。後悔しても仕方ないのに。後悔が止まらない。部屋を飛び出して、そのまま化粧も落とさず、スーツのままふて寝した私は翌朝、すぐに携帯をチェックした。丸山くんから何も連絡がなく、軽くパニックを起こしそうになる自分を落ちつかせるために、冷たい水で顔を洗い、新しいスーツに身を包み、ひと息ついてから彼にメールを送った。

「おはよ、今日は夕方から雨だって」

喧嘩した翌日は、何事もなかったような態度で接する。

これが私たちの仲直り方法だった。喧嘩自体をなかったことにする。目の前のことからすぐ目を背《そむ》ける。私にぴったりの方法だ。

だって今回の喧嘩は、悪いのは私だけじゃないし。事実を言っただけだし。

きっとすぐに返事がくるだろう。そう思っていたのに。もともと連絡無精の彼だが、東京にやってきてから、こんなに連絡が取れないのは初めてのことだった。少なくとも私がメールを送れば必ず返事をくれていたのに。

ちなみにミクシィやフェイスブックにはログインしている。毎日チェックしているが、数時間に一度はサイトを開いているようだった。だから事故にあったり病気になったりしていないのは知っている。

ＳＮＳが広まって幸せになった人間ってどれだけいるんだろう。たいていの人間は余計な気苦労が増えたんじゃないだろうか。とにかく、丸山くんがあえて連絡をしてこないのは分かっている。彼は怒っているのだ。

私はもう一度メールを送るか送らないか迷っていた。でも、二通目のメールも無視されたら？

合鍵は持っている。普通に会いに行ってしまえばいいのかもしれない。でも、それで拒絶されたら？　なんとか平静を保っている心が粉々に砕けてしまう。


「大丈夫？」

四限目の授業を終え、廊下を歩いていると、担当教諭が突然私の肩に触れてきた。わざとらしく眉を八の字にして、これ見よがしに心配していますアピールをしてくる。周りには生徒しかいないのに一体誰に何をアピールしたいというのか。困惑しつつ、私は彼女を見た。視線が重なるのを待っていたようで、彼女は口を開いた。

「ここのところ、顔色悪いけど」

私はへたくそな愛想笑いを浮かべてヘラヘラとやり過ごす。


彼氏と喧嘩して寝られないし食べられないんです。


なんて言われても、困るだけのくせに。こっちの悩みを背負う覚悟もないくせに。気安く「大丈夫？」なんて言ってんじゃねぇよ。

とも言えないので「大丈夫ですよ」を、私は繰り返す。担当教諭の顔には「面倒は起こしてくれるな」とはっきりと書いてあった。目を合わせ続けるのが嫌で、少し視線をずらす。おしろいが脂で浮いて担当教諭の小鼻に白い筋ができていた。人の顔色を心配する前に、化粧のヨレを直したほうがいいですよ。などと、口を開けば余計なことを言ってしまいそうだった。

だから私は「大丈夫です」を繰り返す。丸山くんとこじれる前から、いや私が物心ついてから大丈夫だった日など、数えるほどしかないのに。

「もうすぐ実習も折り返しだから」

慰めているつもりなのか、私の背中を二度さすり、彼女は職員室へと戻っていった。折り返し、ということは、この苦痛な生活がまだまだ続くということだ。うんざりしながらも、私はこの苦痛な生活に救われている自分に気づいていた。やることがある、ということは、それだけほかのことを考えずに済む。

丸山くんから連絡がこなくなったこの数日、私は教育実習というものに没頭した。没頭するといっても劇的に何かが変わったわけではない。黒板にできるだけ綺麗に文字を書くようにしたり、教室の掃除を隅から隅まで行ったり、授業計画書をじっくり丁寧に作ったり。まぁ、そんな程度だ。頑張ってやってもほかの実習生のようにはならない。自分の出来の悪さにがっかりしつつも、私はそれなりに頑張った。気を抜くと、本当に何も手につかなくなりそうだった。彼に別れを切り出されることに怯える、ドーナツ屋でバイトをしだした時の自分に戻ってしまいそうだった。丸山くんのことを考えないようにするのに必死だったのである。

「あ、ごめん」

実習生控室の扉を開けると、部屋から出ようとする榊原さんが立っていた。

ぶつかりそうになり反射的に謝罪の言葉が出たのだろう。返事もできず、もごもごとしている私の顔を見ると、彼女は明らかに「あぁ、こいつか」という顔をした、気がしただけかもしれない。私は相変わらず実習生たちとうまくいかず完全卑屈、人見知りモードを発動していた。

「おつかれさま」

去っていく榊原さんの胸には弁当箱が抱えられている。きっと教室で生徒たちと昼食をとるのだろう。彼女は女子生徒に人気があると、別の実習生が話していた。放課後も生徒につかまってなかなか教室から出られないらしい。生徒と食べるか、実習生同士で食べるか、一人か。昼休みの過ごし方ひとつで、実習がうまくいっているかいないかが分かってしまうのだ。控室にいた実習生たちは私に目もくれずお喋りを続けている。

あの人がちょっとかっこいい体育大からきた実習生を狙っているとか、あの生徒が面倒だとか、どの先生が気持ち悪いとか。

聞き耳を立てていなくても自然とそういった話が聞こえてきた。彼らは扱いの面倒な私を『控室の壁』と同等に扱うようにしたようだった。変に苛立たれたり怒られたりするよりはよっぽどましである。再びポケットの中の携帯に触れるも、やはり丸山くんからの返信はなかった。

彼のせいで今日もご飯がまずい。コンビニで買った菓子パンにも一切そそられない。壁のように扱ってもらっても、私自身は壁になりきることはできない。妙にいづらくて、私は昼食を外で食べるふりをして控室を出た。そんなふりしたって、誰も私が生徒とご飯を食べるとは思わないだろう。というか私のことなど見ていないだろう。だが、そうせざるを得なかったのである。

自分のくだらない自意識を鼻で笑いながら、私は校舎内をふらふらと歩いた。早弁でもして、もうご飯を食べてしまったのだろう。中庭で男子生徒がバスケをしている。それを眺める女子たちやカップルらしき男女の姿に、自分の知人を当てはめていく。生徒たちの世界に自分の世界を重ねて、一人遊んだ。

この学校の「辻本先輩」は、ちょっとけだるそうにバスケをしているあの子だろうか。それとも、バスケはしないもののシュートが決まると声をあげて存在感をアピールしてくるあの男子だろうか。それとも女子たちとバスケを眺めているあの男子かもしれない。可愛い子と行動を共にして得意げに男子と絡むのは「私の妹」に似ている。住んでいる場所や、所属している集団の大きさが違っても、人間の大体の力関係は同じなのだと思う。だからヒエラルキーなんて言葉が頻繁に使われるのだ。この学校の「私」は一体どの子だろう。見つけたら惨めな気持ちになるかもしれないが、丸山くんのことで頭をいっぱいにするよりはマシだ。とにかく頭の中をくだらないことでいっぱいにしないといけない。そう自分に言い聞かせながら、きょろきょろとあたりを見まわしていると、誰かの視線を感じた。

「げっ」

思わず嫌な声が漏れたが、相手には気づかれずに済んだようだった。そこに立っていたのは、私が今一番会いたくない人物であった。職員室の前にいたのは、私に「授業をまともにやれ」と、訴えてきた、あの男子生徒だったのである。

こいつがいなければ、私は丸山くんと喧嘩しなかったかもしれない。八つ当たり以外のなにものでもない怒りがふつふつと込み上げてくる。一刻も早くこの場を離れたかったが、目が合ってしまったんだから仕方ない。

「どうしたの、誰か先生に用かな?」

へたくそな愛想笑いを浮かべて近づくと、彼はすぐに俯き「あ、いや」と言い出しにくそうに口ごもっている。眉間にしわを寄せて「えっと」と、言葉を選んでいるようだった。話したくないなら結構。私だって好きで話しているわけじゃないし。

「私じゃ話しにくいか」

そう自虐的に笑ってみせてから立ち去ろうとすると、

「弁当」

彼は短くそう言った。

「弁当、床に落として」

私は突然、話が始まって相槌も打てずにいた。彼は制服のズボンをぎゅっと握り、ボソボソと言葉を続ける。

「財布持ってきてないので、先生に借りようと思って、でも職員室にいなくて」

彼の言葉は、前回私に怒りをぶつけた時とは違い弱々しかった。

先生が戻ってくるのを、ずっとここで待っていたんだろうか。お金を貸してくれる友達はいないのだろうか。そんな疑問よりも先に私の頭に浮かんだのは「この子、私っぽい」だった。弁当を落としてしまったことも友達に言えずお金も借りられず、でもお腹は減っているから先生を待つ。その不器用さに、共感しかできなかった。この学校の私はこの子だ。

「これあげる」

私は持っていたビニール袋を差し出した。

「もういらないから」

彼は黙ったまま固まっている。

拒まれたら、こちらの格好がつかない。私は彼の手を摑み、菓子パンの入った袋を手首に通した。

「戸松《とまつ》君の口に合うか分からないけど」

戸松君は目を見開き、こちらを見やった。私が名前を覚えていることが意外だったらしい。直接文句を言われたのだ。彼の名前を覚えるのは当然だろう。

「授業中、携帯いじらないほうがいいですよ」

ちょっと得意げになっている私に気づいたのか、彼は私が名前を呼んだことには一切触れず、決まりが悪そうにそう呟き去っていった。パンの礼ひとつ言えないのかと思いつつ、そんなところも私に似ていると逆に微笑ましかった。戸松君の背中を見つめながら、私は頭に一瞬浮かんだ考えに心底呆れてしまった。

「私って本当バカ」

思わず口に出してしまうくらい、その考えは単純でアホらしいものだった。
ほんの少しだけ思ってしまったのだ。今の私ってちょっとだけ教師っぽいって。私なら、この学校に何人かいる「私ポジション」の子のことを分かってあげられたりするかもって。褒められるとすぐ調子に乗る私の悪い癖だ。私なんかが教師になんてなれるはずがないのに。そんな思考を遮るように、中休みの終わりを告げるチャイムが鳴った。控室に戻って次の授業の準備をしなくては。足早に歩きながら私は思っていた。

今起きたこと、丸山くんに話したいな。

ほらね、ちょっと気を抜くとすぐ丸山くんのことに後戻りだ。必死に彼のことを頭から振り払っていると、きゅるると腹の虫が鳴った。

戸松君との一件が、単細胞の私にどんな影響を及ぼしたのか。それは分からないが、ほんの少しだけ、私は教育実習が楽しくなり始めていた。
もう一週間、丸山くんから連絡はなかったし、相変わらず気分は最悪だったけれど、それでも私は自分なりのやり方で教育実習を頑張り始めていた。私が弱っている時期を見抜いてやってくる辻本先輩からのメールにも甘えずにやり過ごすことができていた。榊原さんのように人気者でもないし、お昼を一緒に食べたいという生徒もいなかったけど、それでも少しずつ私に話しかけてくれる子は増え始めていた。みんな私と一緒の、サエない生徒たちだった。けど、彼らの考えは話さなくても、なんとなく分かったから接しやすかったのだ。

でも、ことが順調に動き出した時に、私の人生では新たな問題が押し寄せるのである。

「綺麗に使ってってってば」

発端は、その一言だった。

放課後、榊原さんが放ったそれが自分に向けられていると、私はすぐには気づかなかった。だって私は『壁』扱いだったから。自分に話しかけられているなんて思いもしなかったのである。

「前も言ったよね、机のこと」

「あ、ごめん」

慌てて積んであったプリントを片づけながら、榊原さんを見る。

貧乏ゆすりをして眉をひそめて、どこからどう見ても彼女は苛立っていた。不機嫌な榊原さんの机には大量の資料が積まれている。お世辞にも綺麗に使っているとは言えない。どうやら授業の準備が思うように進んでいないらしい。朝も放課後も生徒たちに囲まれているのだ。なかなか時間が作れないのだろう。毎日の日誌と授業計画の提出は、いったん溜めてしまうと、あっという間に量が増えてしまうのだ。

「あぁ私八つ当たりされたのだな」と思いつつ、気にせずに帰りの支度を始めた。こういう時は、さっさと退散するに限る。早く帰って録画しておいたバラエティ番組でも観て寝てしまおう。

「ゴミまとめるとかさ、いろいろあるじゃん」

腹の虫がおさまらないのか、彼女はぼやき続ける。こちらを一切見ようとしないが私に文句を言っているのは明らかであった。

「早く終わったならさ。みんな協力し合うものじゃないのかな」

私と違って人気もないし、教師にも向いていないし、控室にいても邪魔な存在なんだから、それくらいやりなさいよ。私の耳にそんな幻聴が響く。

「一人だけ良ければそれでいいのかな」

榊原さんの発言に、彼女の友人たちが「やめときなって」と、止めに入る。さすがの私でも分かる。理不尽な八つ当たりだ。いつも怒られてばかりなので、いったんは何か悪いことをしたかと、自分の行動を振り返ってみたが残念ながら見当たらない。私は自分のやるべき仕事は全部終わらせた。仕事が遅いのは自分のせいだろうに。でも、ここは無視に限る。こういうのに絡むと、あとが面倒だ。そう分かっていたのに、

「口じゃなくて手動かしたら」

知らぬ間に、言葉が口をついて出ていた。

「喋ってばっかいるから、やること終わんないんでしょ」

その瞬間、すべてが終わった。もともと仲が良いわけじゃなかったけれど、私と榊原さんの距離が近づく機会は未来永劫《みらいえいごう》失われたのである。

「は？」

榊原さんの視線が教科書から私に移る。

彼女の怒りが、じりじりと私の頰を焦がす。もうここまできたら全部吐き出してしまえ。私の荒れた唇は驚くほど流暢に動き出す。

「私あなたと協力するつもりなんてないですから。自分さえ良ければそれで良いですから」

私は鼻を鳴らして、実習生のやつらに自虐的に笑ってみせた。

「どうせ教師になんてなれないんだし。私なんかに教えられたい子なんていないでしょ?」

私の問いかけに答えてくれる人は誰もいなかった。でも、その沈黙は私にとって全員一致で「その通りだよ」と言われているのと一緒だった。

「だから私のことは放っておいて。あんたらに無理に交わらせないでいいから」

急に冷蔵庫に押し込められたみたいに、ひやっとした空気が私を包み込む。榊原さんだけじゃない。ほかの実習生からも冷たい目線を向けられているのだ。誰とも絶対目を合わせてなるものか。誰かが次の言葉を発する前に、ここから逃げなきゃ。控室がシンと静まり、自分の呼吸音がやけに大きく聞こえる。冷や汗で全身が滲むのを感じながら、私は急いで荷物をまとめた。一秒でも早く出口へと向かおうとしたその時、鈍い振動音が響いた。

机に置きっぱなしにしていた私の携帯が鳴っているのだ。私という人間は、こんな時に限って携帯を机に置き忘れる愚かな女なのである。

「あ、鳴ってるよ」

気まずさに打ちひしがれている私に、榊原さんが何事もなかったかのように携帯を差し出す。

驚いたことに彼女はにっこりと微笑んでいた。

「ほら」

今起きたことは全部忘れましょう。そう言いたいのだろうか。嘘っぽい作り笑いが逆に怖い。私はそれを受け取り、恐る恐る画面を見た。

こんな最悪なタイミングで電話をかけてくる人間は一人しかいない。丸山くんだ。当たってほしくない勘が当たってしまい、私は慌てて通話ボタンを押した。この電話を逃したら、また連絡が途絶えてしまうかもしれない。

「もしもし?」

声を押さえながら、私は控室の出口へと向かう。ここはまず素直に気持ちを伝えよう。

「丸山くん、連絡ありがとう。すぐかけ直していいかな」

「あの」

受話器から聞こえてきたのは、か細い女の声だった。

「丸山のカノジョさんですか」

浮気、修羅場《しゅらば》。

そんな言葉が頭に浮かんだ。どうして丸山くんの携帯から、女が電話してくるのか。

学校でなければ声を荒らげて取り乱していただろう。

「はい、カノジョですけど」

彼女アピールをする私の声を遮り、その女は言った。

「丸山が怪我《けが》して、病院に運ばれて」

「は？」

予想外の展開の、往復ビンタだ。

「え、病院？」

「俺だってやってやるとか叫んでたと思ったらあんなことになっちゃって、それで、なんか丸山、やばいみたいで」

支離滅裂《しりめつれつ》な女の声がみるみるうちに涙ぐんでいく。やばいってなんですか？　駄目だ、思考が追いつかない。控室のドアの前で立ちつくしながら、その女の言葉に耳を傾けることしかできなかった。

「すぐ来てもらえませんか」

女はこちらの返事を待たず、病院の住所をつらつらと述べていった、と思う。

正直なところ、私はあの時、どんな会話をしたのか、いまいち覚えていない。心臓が痛いくらい鼓動して、息が苦しい。電話を切り、そのまま呆然と立ちすくむ私の姿は異様なものだったのだろう。実習生の誰かが「あの」と声をかけてきた。それと同時だった。

「美大生のカレが倒れたみたいで」

気づくと榊原さんたちに背を向けたまま、そうのたまっていた。それだけ言うと、乱暴にドアを開き、私は走り去ったのだった。丸山くんは美大生じゃないのに。榊原さんに見栄を張りたくて、私はくだらない嘘をついたのである。


病院の受付で丸山くんの名前を言い、通された場所は集中治療室だった。アルコールと病人が放つ独特の匂いが立ち込めるその場所で、彼はベッドに横たわっていた。全身をチューブに繋がれ、喉に穴が開き、管が突き刺さっている。ひょろひょろと細長いはずの彼の首は恐ろしいくらい腫れ上がり、首に浮き輪でもつけているようだった。たこ足配線のコンセントのようになった彼の体は、電話の女が言っていたように、たしかに、やばかった。

「丸山くん」

恐る恐る声をかけるも、彼からはほとんど反応がない。瞼は開いていて、こちらを向いたようにも見えるが、その目は虚《うつ》ろで焦点は合っていない。

「相当お酒を飲んでいたようです」

彼の手を取るか悩んでいると、一人の医者が近づいてきた。年齢は父さんと同じくらいに見える。ずっと働き詰めなのだろう。全身から疲労が滲んでいた。

「一体、何があったんですか」

「花火を口にくわえたんです」

「花火？」

「家庭用の打ち上げ花火、というんですか？　あれを口にくわえて火をつけたそうです。そうしたら発火口が逆だったらしく」

医者はそこまで言うと、やれやれというように目頭を押さえた。

「そのまま体内に花火が噴出《ふんしゅつ》し、体内に火傷を負われたんです」

私はあんぐりと口を開け、医者を見つめることしかできなかった。

「一度は気道が塞がれて呼吸ができない状態でしたが、現在、容態は安定しています」

体の中に、花火。

そんな死ぬほどくだらない理由で、丸山くんは死にかけ、ここにいるというのか。

医者だってできることなら、こんなアホな患者ほっぽり投げてほかの患者を助けたいだろう。

「彼の親御さんに連絡を入れようとしたのですが、所持品に携帯がなくて」

医者は一体誰から連絡を受けて私がここに来たのか不思議がっているようだった。

そういえば私に電話をかけてきただろう女が見当たらない。あいつが丸山くんの携帯電話を持っているのは間違いなかった。

「さっきまでお友達も近くにいたのですが」

医者はなぜ女が消えてしまったのか不思議そうにしているが、私には分かる。彼女にとって丸山くんは大切な友人ではないのである。面倒なことに巻き込まれたくなくて逃げたのだ。浪人をしていなければ彼女は確実に未成年だ。酒を飲んでいたことがバレればさらに面倒なことになる。不思議と私は彼女を責める気にはなれなかった。

「彼の親御さんと連絡取れますか」

「やってみます」

私の曖昧な返事に一瞬表情が崩れたが、医者はそのまま離れていった。

「丸山くん」

先ほど握れなかった彼の手を、私は摑んだ。

「私のせい？　私が尖ってないって言ったから？」

丸山くんからは反応はない。

「ご両親に連絡したほうがいい？　それとももう少しあとにする？」

やっぱり彼からは返事はなかったが、微かに頷いたように、私には見えた。いや、その時の私はそう自分に言い聞かせたのだ。

「大丈夫、私がそばにいるから」

自分の頬に彼の手を当てて献身的な彼女を演じながら、私は思っていた。誰にも怒られない逃げ道を見つけた、と。こうして私は数日間、教育実習を無断でサボり、本気になればすぐに連絡が繋がる彼の両親にコンタクトもせず、丸山くんに尽くした。榊原さんたちに会いたくなくて、あの場所に戻りたくなくて、私はあっさり教育実習から逃げ出したのである。

やがて治療費問題が浮上し、私はすぐに、彼の両親に連絡を取った。彼の両親には何度も謝られたが、私は最高の彼女を演じて、彼を擁護した。そして入院してから数カ月後、丸山くんは退院をする。そのあとの流れは面白くないので、簡単に話そう。

彼は両親との約束でアルバイトをして治療費を稼がなくてはいけなくなった。食費や光熱費を節約するために、私の家に転がり込み、やがて一緒に住むようになった。

彼は特に芸術活動もしないまま、学校を卒業し、アルバイト先だったリサイクル会社に就職した。

一度だけ「表現者の道はもういいのか」と尋ねたことがある。すると彼は「いったん休んでいるだけだ」と言った。

「今は金貯《た》めないとさ。だからリサイクルの仕事は、副業みたいなもんだよ」

その言葉が本心なのか、自分への言い訳だったのか、それは分からない。あの喧嘩のあとから、私たちは一度も喧嘩をしていない。彼が教育実習のことや私の将来のことに触れてくることもない。こうして「なんだかなぁ」な、今の私たちが完成したのである。

これが、私の思い出したくない過去のすべてだ。

私は丸山くんのせいにして自分の人生の岐路から逃げ出したのである。

「こんなことになると思ってたよ、まぁ過程はちょっと驚きだけどね」

これは就活もろくにせず短大を卒業した私に辻本先輩が言った言葉だ。悔しいけれどその通りだ。私の逃げ癖のせいで、誰も彼もが不幸になっていく。そんな事実からも、私は今の今まで逃げていたのである。

「おっそい!」

 ワンコールで電話に出たヒトミは「もしもし」も、言わせてくれなかった。時計を見ると二十一時を過ぎている。二時間近く彼女を放置してしまったらしい。

「もう終わっちゃうんだけど、パーティー！」

パーティーとは一体なんのことだ。一体橋詰さんはヒトミをどこに連れていったのだろうか。何から質問していいのか分からず困惑する私に、彼女は尋ねた。

「出たの、結論？」

「うん、出たよ」

私はすぅっと息を吸い込み、言った。

「私、もう逃げない」

21:00

ばいばい、ひとみ

新宿に着くと雨が降っていた。

街全体を湿らすような、細かく霧のような雨である。

駅の売店で二本、傘を買って、ヒトミの元に向かう。

夜が更けるにつれて肌寒さが増していく。それに風も強い。七月とは思えない冷たい風だった。傘が役目を果たさず、雨風が吹き付けて薄手のワンピースが太ももに張りついた。すれ違う人々からは微かにアルコールの匂いがする。私ではない誰かの誕生日を祝ってきた帰りだろうか。美味しいご飯を食べたのだろうか。祝ってもらった人は今幸せなんだろうか。そんなくだらないことを考えているうちに、古びたビルにたどり着いた。

パーティーの会場だと呼ばれたホールの前で、ヒトミは仁王立ちしていた。

二十一歳になったヒトミは、今の私そのものだ。違うのは髪の色だけ。彼女の髪はウェーブがかかり、目がチカチカするようなオレンジ色である。短大を卒業後、晴れてフリーターになった私は妙な解放感を感じていたのだ。

「遅い」

苛立ちをぶつけるようにヒトミは私の肩を殴った。割と力が強く、体がよろめく。

「ごめん」

謝りつつ、私は会場を覗き込む。

ヒトミが参加していたというお見合いパーティーなるものには今まで一度も縁がなかった。私が経験していないものを過去の私が経験するとは妙な感じである。会場内の人はまばらで、すでに撤収作業が行われている。パーティーはお開きになっているようだ。

「橋詰さんも変なこと考えるね」

「でもまぁ、気分良かったよ」

「気分良い？」

「結構モテちゃった。ちやほや祭りだよ」

心底意外だったので「へぇ」と声をあげたら、ヒトミは鼻を膨らませてムキになった。

「周りに綺麗な人たくさんいたんだからね」

また肩パンチされそうなので私は一歩後ろに後ずさった。

「で、良い人いた？」

彼女は小刻みに首を振り「全然」と吐き捨てた。

「あれなら橋詰さんのがマシ」

完全に小馬鹿にしている。ちやほやしてくれた人にも橋詰さんにも失礼だ。

「なんか、みんな必死すぎて、引いちゃうっていうか」

良い待遇を受けて、自尊心が満たされたのだろう。やけに機嫌が良く、声が大きい。ヒトミのキンキンとした声はホールに響き、否応《いやおう》なしに人目を引いた。

「そんな焦るなら、もっと若いうちに手打っとけよってね」

こいつ、完全に調子に乗っている。ヒトミの笑い声は鼻について、非常に嫌な感じだ。ヒトミの言葉と周囲の視線がグサグサと私に突き刺さる。

「ちょっと！　ボリューム落として」

ヒトミの暴言を止めようとしている私の横を着飾った女たちが通り過ぎていく。

「あれは、若さの問題じゃないね」「うん。人としてのアレだね」

すれ違いざま女達の誰かが笑いながら言った。はっきりとたしかに聞こえた。

「え？」

慌てて女たちを見やったが誰もこちらを振り返らない。

彼女たちは足早に出口に向かってしまった。今のは明らかに私たちにぶつけられた言葉である。

女の笑いに妙なものが混じっていた。裸の王様を指さす群衆のような、修学旅行ではしゃぐ自分の写真を眺めるような、侮蔑と懐かしさと悲しみと憐れみ。その他諸々《もろもろ》が混在したものだった。そんな口がきけるのも若いうちだけよ。私たちも昔はそう思ってたんだから。あの笑みに含まれていたのは、こんなメッセージもあるのだろうか。

「女って女のこと嫌いだよね！」

ヒトミは敵意むき出しで、わざと声を張り上げた。

「特に自分より若い女。自分たちだって若い時があったくせにぃ！」

ヒトミは私の肩を殴った時のように、明らかに相手にダメージを与えようとしていた。絶対聞こえていたと思う。だが彼女たちは無反応のまま人混みに消えていった。

フンと鼻を鳴らして勝ち誇った顔をしているヒトミの横で、ふと思った。女は若い女が嫌いなのだろうか。そんな単純な感情じゃない気がする。嫌いな感情があるとしてもそれは、きっと昔の自分を重ねているからかもしれない。自分と同じ軌跡を辿っていても腹が立つし、自分よりうまいこと人生を歩んでいても腹立たしいというか複雑だ。私が『過去の私』に感じているのと同じ。彼女たちにとって、若い女はみんなヒトミなのである。

「なぁにボサッとしてんだよ」

ずしんと肩に衝撃が走る。気を抜いていたせいで、ヒトミに肩パンチをお見舞いされたのだ。二度も殴られて、さすがに腹が立ったが彼女は文句を言う暇を与えずに言った。

「で、どうすんの」

ヒトミが私の顔を覗き込む。

「もう逃げないんでしょ」

話が本題に戻り、胸の奥がぎゅっと締めつけられる。

「うん、そうだよ」

そう頷いてみせたが、本当は逃げ出したかった。自分が出した答えが正しいのか間違っているのか、さっぱり分からない。でも、今日こそ一歩を踏み出すのだ。自分一人だけなら絶対無理だけれど、今の私にはヒトミがいる。

マンションのロビーに入ると、嗅ぎ覚えのある香りがした。

これはホテルの匂いだ。ホテルといっても休憩と宿泊を選ぶようなところでなく、三つ星とか五つ星とか、そういう称号がつくほうの、である。靴が埋まるような厚手の絨毯《じゅうたん》の上を、私は進む。薄暗い廊下の先にはインターホンが設置されていた。美術館の展示品みたいにライトアップされている。恐る恐るインターホンを押すと、すぐにプツッと内線が繋がった音が聞こえた。

「あ、あの」

私が名乗るのを待たずに、ガラス張りの自動ドアが開いた。呼び出しボタンの横にカメラがついている。これで誰が来たか筒抜けなわけだ。

「お、おじゃまします」

インターホンから応答はない。私が部屋に着くまで、彼は会話を交わすつもりはないようだ。停《と》まっていたエレベーターに乗り込み、二十四階のボタンを押す。中に設置されていた鏡で前髪を整える。雨に濡れた髪の毛はボサボサで、手櫛《てぐし》でどうこうなるものではなかった。一日動き回ったせいか、心なしか頭皮がベタついている。シャワーを浴びてから、ほぼ一日経っているのだ、無理もない。

七月十四日は残り二時間。誕生日は、もう終わろうとしている。

そんな中、私は辻本先輩のところへ向かっている。ヒトミに私の選択を話すと、彼女は目を見開き「へぇ」と声をあげた。お見合いパーティーでモテると聞いた時の私と同じ反応である。よほど私が選んだ答えが意外だったらしい。あーだこーだ文句をぶつけられると思ったが、彼女は「そっか」と言って口をつぐんだ。

「え、それだけ?」

思わず尋ねると
「だってもう逃げないんでしょ」

「そうだけど」

「なら、もう言うことないし」

そこで会話は途絶えた。私たちは無言のまま、辻本先輩のマンションがある駅へと移動した。

本当はくだらない話をして気をまぎらわしたかった。でも、口が妙に重たくて動かすことができなかったのである。辻本先輩のマンションに着くと、ヒトミは「じゃあ、行ってこい」と、私に手を振った。部屋まで一緒に来てくれるのかと思ったのに。私がそうぼやくと、ヒトミは顔をしかめた。

「私、そんな悪趣味じゃないから」

そう言って彼女はシッシと虫でも追い払うように私を払いのけたのだった。

というわけで、私は一人で辻本先輩の部屋へと向かっている。気圧の変化で耳がツンと詰まる。ゴクリと唾を飲み込んでいると、エレベーターの扉が開いた。エレベーターホールの窓の外には煌《きら》びやかな夜景が広がっている。高層ビル群の中には六本木ヒルズや東京タワーの姿もあって、軽く東京観光をしている気分だ。こんな高い場所で人が寝起きをしていることが、私にはいまいちピンとこない。


「俺の部屋のほうが、眺め良いから」

辻本先輩に突然囁かれて「ぎゃっ」と、私は小さくのけぞった。そんな私の体に、彼は背後から手を回す。

「来てくれるって思ってた」

「あの、先輩」

「おいで」

辻本先輩は自分の部屋へと私を誘う。彼の動きは紳士的で、私に絡む手は力強いのに妙に優しかった。

「ほら」

足取りの重い私を、彼が引っ張る。強い力ではなかった。だが傍から見た私の姿はエスコートされるというより、母親に引っ張られて歩く子供だろう。されるがまま、私はあとに続く。廊下の一番端っこが、彼の部屋のようだ。

「楽にしてて」

通された辻本先輩の部屋は、なんというか彼そのものだった。

お洒落で、そつがない。老若男女すべてが好感を持つ。そんな部屋だ。しのごの文句を言うやつがいれば、それは間違いなく嫉妬からだろう。統一されたオフホワイトのインテリア。微かに香る爽やかなルームフレグランス。壁いっぱいに広がった二枚の窓の外にはL字型のベランダがあり、ウッドテーブルと椅子が二脚並んでいる。素敵な景色を眺めながら、ここでコーヒーを飲んだりするんだろうか。このベランダ分の家賃だけでも、きっと私の部屋の何倍もの値段になるだろう。こんな部屋で楽にしろなんて、無理な話だ。

「ほら、ひとみちゃんも掛けて」

そう言って、革張りのソファに腰掛けた辻本先輩は、両手に細いシャンパングラスを持っている。中の液体はほんのりピンク色で細かい泡が立ちのぼっている。

「ひとみちゃん？」

彼に促されても、私はソファに腰掛けることができなかった。

「どうしたの？」

耳元に心臓が移動してきたみたいに、鼓動がうるさい。喉がきゅっと詰まって、舌が粘ついた。

目の前にある、見るからに美味しそうなしゅわしゅわとした液体を飲み干して喉を潤したかった。

「なんか、可愛い」

そう言って辻本先輩はフッと表情を和らげた。彼はガラスのテーブルにグラスを置くと、私の手を引っ張った。部屋に導かれた時とは違って、力強く、ちょっと乱暴に。

私はふらついた。体だけじゃなくて、心もだ。

彼の手のひらには熱がこもっている。このまま彼に身を任せればキスされる。なんとなく、それが分かった。辻本先輩が私に近づいてくる。彼の息が私の頬にかかった。

柔らかくて最高に気持ちいい先輩のキス。あんなキスされたら、またいつもの私に逆戻りである。それだけは避けなければならない。

「私、お別れを、言いに来たんです」

口早に声を裏返しながら、私はやっと言葉を吐き出した。きちんとお別れを言う。これが、私が導き出した答えだった。

「え？」

辻本先輩の動きがピタリと止まる。

「決めました。もう二度と先輩には近づきません。連絡もしません」

「ひとみちゃん、いっつもそう言うよねぇ」

私の決死の覚悟を、彼はすぐ笑い飛ばした。全く真に受けてもらえていないのは明らかだ。

「もう、私なんかに優しくしなくていいです。私なんか忘れてください」

何個も言葉を重ねて分かってもらおうとするが、彼の表情は変わらない。

「ちょっとぉ、一人で暴走しないでよ」

先輩はコツンと私の額を指で突いた。ふわりと彼のシャンプーの香りがする。シャワーを浴びたばかりなのだろうか。昼間よりも香りが強まっている気がした。

た。

「一個年とって感傷的になっちゃった？」

　こちらを子供扱いするような、おちゃらけた物言いで、彼はソファをポンポン叩い

「話聞いてあげるから、とりあえず飲もう？」

　いつもそうだった。彼は私の失敗をこうやって笑って冗談で包んで、なかったこと
にしてくれる。私がどんなに冷たくても、どんなにぞんざいに扱っても、どんなに愚
かでも、誰よりも優しい私の先輩。私の初めての人。

「もう私なんかに執着しないでいいです」

「執着ぅ？」

　彼はうっすら眉間にしわを寄せた。本当に意味が分からないのだろう。またひとみ
ちゃんが馬鹿なことを言っている。また何か失敗して落ち込んで自虐的になっている。
その程度に思っているのだ。

「私なんか先輩が執着するほどの女じゃないです。全然たいしたことないです。なの
に、今まで本当にごめんなさい」

　必死に言葉を絞り出す私の様子を見て、先輩は、やっといつもと違うことに気づい
たようだ。

「ごめんなさいって、え、何それ？」

辻本先輩は未《いま》だに微笑んでいたが、その表情は、どこか強張っている。今まで見たことがない、彼の姿だった。

「ごめんなさい」反射的に私は謝っていた。

「だから、何それって言ってるんだけど」

突然彼の口ぶりが激しくなった。私は怖くなって、目をそらした。胃のあたりを押さえつけるように、ぎゅっと自分の体を抱きしめる。こうやって自分を支えていないと「なんちゃってぇ」とか「びっくりしました？」とか、今の流れを冗談にしてしまいそうだったのだ。

「あの、それはつまり、私なんかより、辻本先輩にお似合いの人が世の中には、ごまんと――」

「あのさ」

全部を言い終えぬうちに、辻本先輩が言葉を遮った。俯く私の顎を摑み、彼は無理やり目線を合わせる。彼はまっすぐ私を見つめていた。

「さっきから、私なんか私なんかって何？」

完全に無意識だった。自分の自信のなさが知らぬ間に漏れ出ていたようである。な

んと言葉を返していいのか迷っていると、

「え、ていうか俺、今フラれたの」

辻本先輩の顔が歪む。

「自分のこと『私なんか』って卑下してるやつに？」

今まで二人の間に漂っていた、変に甘ったるい空気は瞬く間に凍りつく。彼は私を睨みつけたまま黙っている。たった数秒程度しか経っていないのに、その沈黙が恐ろしく長く感じて、私は話す内容も考えずに口を開いた。

「あの先輩、私」

「ひとみちゃんのくせに？」

辻本先輩の声は怒りで震えていた。

声だけじゃない。首筋から耳まで、先輩の肌は赤く染まっている。体の奥底から湧き出た深い深い怒りが、頭の先からつま先まで彼を包み込んでいた。私が言い放った言葉が、彼の大事なものをすべて踏みにじり、屈辱を与えたのは間違いなかった。

「一丁前に、そんな偉そうな口きくんだ？　ひとみちゃん程度の女が、この俺に？」

「ごめんなさい」

「あのさ、その謝罪は何に対して？」

「それは先輩を傷つけて」

「待って。傷つくって、俺が？」

心底人を馬鹿にするように先輩は笑った。私が言葉を発するたびに、彼の怒りが増大していくようだった。ドーナツ屋で私を救ってくれた彼は、もうどこにもいない。先輩の手が、私の顎から離れる。彼は汚いものを拭うように、その手をソファに擦りつけた。

「私よりお似合いの相手がいる？　そりゃそうだよ。ていうかひとみちゃんより酷い子見つけるほうが大変だからね」

辻本先輩は滑らかに、一度も詰まることなく言葉を吐き続ける。

「優しくしてやったら図に乗ってさ。ねぇ、ちゃんと鏡見てる？　一緒に歩くの恥ずかしいレベルだよ？　そこまでいくと憐れっていうか滑稽《こっけい》って感じなんだけど」

「はい」

そう返事をするのが精いっぱいだった。

辻本先輩の口から発せられる言葉は、どれも私の想像していた通りのものだった。きっと彼は私のことをこう思っているって、分かっていたのに。改めて聞かされると、やっぱり辛くて苦しくてたまらない。もしかすると、心の底で私は辻本先輩が「うん、分かったよ。ひとみちゃん」と、笑って許してくれるって思っていたのかもしれない。もう二度と、彼が私に微笑んでくれることはないというのに。

「ひとみちゃんにはお似合いだよ。あのエセ芸術家の彼氏が」

辻本先輩がそう言い放った、その時だった。

ピンポーン。間延びした音が室内に響く。家のチャイムが鳴ったことで我に返ったのか、辻本先輩は興奮を抑えるように、わざとらしく息を吐き出した。

「誰だよ、こんな遅くに」

辻本先輩はそう独りごちてから、私に背を向けてインターホンに向かい歩き出した。

だが、そこにたどり着く前に、彼はピタリと歩みを止めた。玄関ロビーの様子を映したモニターの中に「ある人物の姿」を確認したのである。

「ねぇ、なんの嫌がらせ？」

そう言って彼はモニターを指さす。

映し出されていたのはほかでもない、丸山くんその人だった。


丸山くんはコンビニの袋をぶらさげて、やってきた。

「おじゃまします」

彼はヘコヘコと頭をさげると、ゆっくり靴を脱いだ。彼の薄汚れたコンバースは辻本先輩の部屋に、あまりにも不釣り合いだ。

靴だけではない。何もかもが私たちとは次元が違う。辻本先輩の部屋に圧倒されたのか、丸山くんは口を半開きにして周囲を見まわしている。

呼び出したのは私だった。

辻本先輩の部屋に来る前に、彼にラインを送っておいたのだ。突然、知らない男の部屋に呼び出されたにもかかわらず、丸山くんの態度はいつもと変わらない。

どのくらい変わらないかというと、窓外を指さし「ねぇ、あれって東京タワー？」と、間の抜けた声で私に尋ねてくるくらいだ。

「や、聞くことほかにあるでしょ」

辻本先輩が至極まっとうなツッコミを入れる。

まともに対応するのがアホらしくなったのだろう。先輩はソファに座り、ふんぞり返るとシャンパンを一気に飲み干した。

「君さ、俺が誰か分かってる？」

丸山くんは「いえ」と首を振った。

この反応は当然である。私は丸山くんに一度も辻本先輩の話をしたことがないのだから。やっぱりね、とでもいうように先輩は私の分のシャンパンに口をつけた。

「この人は辻本先輩。ドーナツ屋でバイトしてた時に知り合った」

「そうなんだ」

丸山くんは特別興味もなさそうに相槌を打つ。私は話を続けた。

「私、高一の頃にね。この人と寝たんだ。丸山くんより前に。今更だけど黙っててごめんなさい」

「はぁ？」

声を荒らげたのは丸山くんではなく辻本先輩だった。あまりに怖くて私は食い気味に「すいません」と謝っていた。心のこもっていない謝罪ほど、相手の神経を逆撫でする行為はない。

「ふ、ざ、け、ん、な」

先輩は一文字一文字を区切るように吐き捨ててからシャンパングラスを手に取った。だが中が空だと気づき、すぐに元あった場所にグラスを戻すと、彼はギロリとこちらを睨みつけた。

「もしかして全部吐き出して楽になろうとしてんの？」

「そうじゃなくて」

「じゃあ、もしかして彼の愛を試してる？　全部受け入れて許すよって言ってほしいとか？　俺を利用して？」

先輩はチラリと丸山くんを見やった。彼は黙ったまま、じっと先輩の言葉に耳を傾けている。不気味なまでに落ちつきはらった丸山くんの態度のせいで、声を荒らげる辻本先輩が感情的に見えてしまう。それが面白くないのか、先輩は小さく舌打ちをした。

「ひとみちゃんは何がしたいの⁉」

丸山くんを呼び寄せた理由はひとつだ。

自分の逃げ道を塞ぐためだ。

二人を前にして話せば、私はどちらに甘えることもなく、尻込みもできない。これで私は、自分が導き出した答えから逃げることができない。ここまで自分を追いつめないと、卑怯《ひきょう》で弱虫な私は彼らと向き合えないのだ。

「丸山くん、あのね」

「昔のことなら気にしないよ」

気の抜けた声で、丸山くんが言った。

「俺がほったらかしてた時でしょ、なんかあったのかなとは思ってたし」

「そうじゃないの、あのね」

　私は、そこまで言ってから唇をぎゅっと噛んだ。まだ何も話していないのに涙が溢れ出そうだった。私は感情の波が収まるのを待ってから、再び口を開いた。

「あの、いつも、ありがとうね」

　フンッと辻本先輩が鼻を鳴らした。いつの間にボトルを取りに行ったのか、彼はシャンパンをグラスに注いでいる。なんだ結局惚気《のろけ》かよ、そう言いたいのだろう。

　丸山くんに視線を戻すと、彼はきょとんとした顔で、私を見つめていた。今更改まってなんなんだと思っているに違いない。いつもは相手の気持ちなんて全然読むことができないのに、こんな時に限って相手の思考が手に取るように分かるなんて皮肉だ。

「私ね、本当に感謝してるんだ」

　自分の気持ちに正直に、格好つけないように気をつけながら気持ちを伝えた。

「付き合いが長すぎて一緒にいるのが当たり前になって、なんだかなぁって思うことも多いけど、昔のキラキラした丸山くんに戻ってほしいなんて自分を棚に上げて思ったりもするけど、やっぱり私、幸せなんだと思う」

　そっと手を伸ばして、丸山くんの頬に触れた。仕事を終えたばかりで汗ばんだそれは、私の手のひらにしっとりと吸いついた。

「そっか」

彼は短く相槌を打つと、僅かに顔を傾けて、手のひらにもたれかかった。ずっしりと重さを感じながら、私の頭は「やっぱり」という言葉を反芻《はんすう》し続けていた。何気なく口にした言葉だが、妙にしっくりくる。

そうだ、やっぱりだ。

やっぱり丸山くんが好きなのだ。だって彼の重みを手のひらに受けただけで、伸びてきている髭の感触が伝わっただけで、小さな幸せを感じてしまうのだから。大好きだからこそ、きちんと言わなくてはならない。

「だからね、もう良いよ」

「もう良いって？」

「もう私と一緒にいなくて良い」

そう口に出した途端、今までこらえていた涙が溢れ出す。突然私が泣き出して丸山くんはおどおどと眠そうな目を泳がせた。

「えっと、なんか俺怒らせることした？」

「してない、したのは私のほう」

「怒ってないよ、だから泣くなよ」

彼はぎこちない手つきで私の涙を拭ったが、拭っても拭っても涙は止まらない。泣きすぎて嗚咽が始まり、胸が苦しい。

「もう、私のために、好きなこと我慢しなくていいよ」

「別に我慢なんて」

「ううん、してるんだよ。やりたいこと諦めなくていい。もう私のこと責任感じなくていいんだって」

頬に触れていた私の手に、丸山くんは自らの手を重ねて、私の火傷跡を撫でる。彼の腕にぶらさがったコンビニ袋がカサカサと音を立てた。

「俺のこと、嫌いになった？」

そんなわけないじゃない。大大大大大大好きだよ。

親友を裏切って、辻本先輩を傷つけて、さらには自分に縛りつけるくらい。初めて会った時から、ずっとずっと大好きだよ。大好きだから、私が丸山くんにできる唯一の良いことをするんだよ。とは、言わなかった。

「丸山くんは？」

代わりに私は尋ねた。

「丸山くんは心の底から私のこと好きだって言える？　情とか思い出とか抜きにして」

丸山くんは何も答えなかった。その沈黙が彼の答えだった。私はそっと彼の頬から手を剝がす。

「ばいばい、丸山くん」

私が彼に別れを告げたと同時だった。

「自分勝手な女」

辻本先輩が呟いた。

「なに自分に酔っちゃってんの。結局ひとみちゃんは自分が一番可愛いだけじゃん」

先輩が言ってることは何もかも正しい、そして冷たい。弱くて卑怯な私は逃げ道を塞ぎ、自分の結論を突き通すことばかりを考えていた。彼らのためとか言いながら、結局は丸山くんや辻本先輩の気持ちをないがしろにしていたのかもしれない。

「よく平気だよね、散々俺らを傷つけてさ」

おっしゃる通りです。何も反論できません。そう私がうなだれていると、

「その『俺ら』ってのやめてくれます？」

丸山くんが面倒くさそうに口を挟んだ。

「傷つけられたとか思ってないんで」

「なに格好つけちゃってんの」

あざ笑われても、彼は一切動じなかった。トロンと眠そうな瞳が、いつになく鋭く、
辻本先輩のことをとらえている。

「だってひとみが自分で選んだ答えなんだから」

「は？」

「そういう答えの中にしか、幸せってないと思うから」

そう言うと、彼は私の手を摑んだ。

「行こう、ひとみ」

私をぐんぐん引っ張って、丸山くんは再び玄関へと歩き出した。

「どうせまた俺んとこ泣きついてくんだろ？」

背後から辻本先輩の罵倒が飛んでくる。

「結局俺らは離れられない。ねぇ、そうでしょ、ひとみちゃん」

彼の声は震え、何かにすがるように悲しげに響いた。もしかして泣いているのだろ

うか。振り返りたかったけれど必死にこらえた。罵声は乾いた笑いに代わり、やがて何も聞こえなくなった。


エレベーターホールまでやってくると、彼は私の手を離し、そのままボタンを押してエレベーターを呼んだ。

「今日明日で荷物、まとめるから」

「うん」

数字ランプが、1、2、3、4と点滅していくのを見つめながら私は思っていた。このままエレベーターが来なければいいのに。自分で決めたことなのに。ここまできて丸山くんとの時間を少しでも延ばそうとしているのだ。そんな自分に心底呆れてしまう。そんな私の心を見透かすように、彼は言った。

「俺、先乗るね」

「え?」

「エレベーター」

彼の選択は正しい。別れを決めたのだから未練がましくそばにいないほうがいいのだ。

「うん、分かった」

エレベーターはあっという間に二十四階に到着した。扉が開く。彼は言葉通りに先にエレベーターに乗り込んだ。

「あ、そうだ」

彼がゆっくりとこちらを振り返る。

ちょっと眠そうな瞳から、一筋の涙がこぼれたのが、はっきりと見えた。

丸山くんが泣いている。

やっぱり彼が好きだ。今すぐ彼に飛びついて一緒に家に帰ろう。

いとも簡単に自分の決断を覆しそうになる私を制すように「これ」と、彼は持っていたコンビニ袋をこちらに放った。慌てて手を伸ばして袋を受け取る。固い、箱状のものが中に入っている。何が起こっているのか理解できぬまま、袋を覗き込んだ。

「え」

そこに入っていたのは蛍光灯だった。

チカチカして私が嫌がっていたこと。丸山くんは覚えていてくれたのだ。

「ばいばい」

扉が閉まる中、彼はくしゃっと笑顔を作って言った。

「誕生日おめでとう、ひとみ」


マンションを出るとヒトミが傘をさして待っていた。

雨音は先ほどより強まっているようである。夜の街は雨に濡れて、その輪郭すべてがぼんやりとしていた。この分では、梅雨明けはまだ遠いのだろうか。

「やっと来た」

待ちくたびれたアピールをするように、彼女はぐっと伸びをした。ヒビだらけのスマホ画面を見ると、二十三時半を過ぎている。二十三歳の私は、髪色も髪型も落ちつき、今の私そのものだった。

「ほら見て！」

ヒトミは得意げに手に持っていたものを私に差し出した。それはコンビニで売られている小さなショートケーキだった。

「ケーキ、食べようよ」

私を待っている間、買ってきてくれたようだ。彼女がお金を持っていることに驚いていると「橋詰さんに借りた」と教えてくれた。借りたということは、返すのは私か。そんなことを考えながらケーキを受け取る。

「いただきます」

ガードレールに腰掛けて、私は容器からケーキを取り出した。

「ハッピーバースデー歌ってあげようか」

ヒトミは中途半端に整った前歯をむき出しにした。橋詰さんの真似をしているようだが、全然似ていない。

「そのほうが気持ち、盛り上がるでしょ」

「いや、いいよ」と、私はケーキの周りについていたビニールのクリームを舐めた。

「遠慮すんなって」

「そういうんじゃないから」

「え、なに？」

本当は言いたくなかったが、ヒトミは納得しないだろうと思い、私はしぶしぶ白状した。

「さっき丸山くんにおめでとうって言われたばっかりだから」

「まだ余韻に浸っていたいってか？」

ヒトミは心底くだらないというように鼻を鳴らす。

「そんな好きなのに、別れちゃったんだ」

「うん、好きだから別れるの」

「またすぐヨリを戻したりして」

「ま、そん時はそん時。それもまた人生、的な？」

ヒトミの冗談を、私は笑い飛ばす。

「でも、もし次があったら、今度はちゃんとしたいんだ」

「ちゃんとって？」

「丸山くんに関する全部のこと」

馬鹿にされるかと思ったが、ヒトミは黙っていた。

沈黙をまぎらわすように、私はショートケーキを頬張った。

生クリームが溶けて口の中に広がっていく。想像していたよりクリームは甘ったるくなく、さっぱりとしていた。ヒトミは私の前に立ち、傘をくるくると回しながら、体をゆらゆら揺らしている。ケーキが食べたいアピールなのかと思い、フォークを差し出すも彼女は口を閉じたまま、首を横に振った。私は黙々と一人でケーキを平らげた。最後のクリームを指で拭い、舐め終えると、

「あのさ」

　ヒトミは間髪入れずに尋ねてきた。

「これからどうすんの」

　ずっとこれが聞きたかったようである。心配になるのも無理はない。誕生日当日に彼氏と素敵な先輩を同時に失った未来の自分を目撃したのだから。私が「ん〜」とか「え〜」とか唸るばかりで、まともに返事をせずにいると、

「もう一回、教師でも目指したら？」

　ヒトミはちょっと投げやりに言った。

「それも良いかもね」

「本気で言ってる？」

「やっぱり向いてないか」

　私がおどけると、彼女はすぐに別案を提示してきた。

「じゃあ地元に戻るとか」

「それも良いね」

「それとも東京で仕事見つけるとか」

「なるほどね」

「真面目に考えろ」

ヒトミは私の頬を思いきりつねり上げた。愛のない、相手にダメージを与えるためのつねり方だった。私が激痛に悲鳴をあげても、彼女はつねるのをやめようとしない。激しく抵抗したせいで私たちの傘が転がり、路上に落ちた。

「あんた、もう二十四歳なんだよ」

「もう？　まだ二十四歳でしょ」

冷たい雨が体を濡らしたが、ヒトミはお構いなしで頬をつねり続ける。うっすら笑みを浮かべて完全にいじめっこの顔である。

「いい加減、適当なのやめなよ！」

ヒトミが叫ぶ。

別に適当に返事をしていたわけじゃないのだ。彼女が提示したプラン、どれもありだなって本当に思ったのだ。それくらい、今の私は真っ新《まっさら》だった。

「考えるから、これから！」

私がそう叫ぶと、ようやく彼女はつねるのをやめた。一安心したのも束の間、今度は思いっきり抱きつかれた。彼女は私を持ち上げると、くるりと体を反転させて、自らガードレールに腰掛けた。「なに、やめてよ」と、彼女から逃れようと身をよじるっけ。

が、肋骨《ろっこつ》がきしむくらい力強く抱きしめてくる。一年前の私って、こんな怪力だった

「ヒトミ、苦しい」

戸惑う私の額に、ヒトミはゴッンと自らのものを重ねる。勢いよくぶつかったので

頭突きをくらわされた形になったが、怒る気にはならなかった。ヒトミの顔からは笑

みが消えていたのだ。

「約束だからね」

そう話す彼女の眉毛は、八の字にさがり、心底私のことを心配しているようだった。

彼女の小さな瞳に間抜け面をした私の顔が映っている。私も彼女も雨に濡れてグジョ

グジョで、なんだかみすぼらしい。

「あんたなら大丈夫」

ヒトミは私の頭を何度も撫でた。

くすぐったいと身をよじらせても、彼女は構わず何度も何度も赤子をあやすように

撫でた。半日前には、まだ子供だったくせに。毛糸のパンツ穿いてたくせに。そう心

の中で毒づいた。でもだんだん心地よくなってきて、私は彼女に身を任せた。ゆらゆ

らと揺れながら、ヒトミは静かに語る。

「大丈夫、あんた幸せになれるよ」

「なれるかな」

適当に私は返事をする。

「ていうか、できるよ。自分を幸せに」

ヒトミったら、丸山くんと同じようなこと言ってるよ。自然と笑みが込み上げた。ずっと一緒にいると男女は似てくるというけれど、私と丸山くんも考え方が似てきていたのだろうか。私の笑みを「できないよ」という否定の意味に取ったらしい。

「絶対できるって」

妙に自信たっぷりな口ぶりのヒトミは、私を撫でる手を止め、たっぷりと時間を置いてから言った。

「今日一日、私にしてくれたみたいに。あんたは自分を幸せにできる」

子守歌みたいに、彼女の言葉は優しくてあったかい。去年の自分とは思えないくらい、ヒトミは大人だ。どこか達観した彼女の態度に、私の中で「ある答え」が導かれていた。

「ヒトミ」

「なに」

「ヒトミ?」

「だからなに?」

「いなくなっちゃうの?」

ヒトミは黙っている。

「ねぇってば」

何度尋ねても反応しない。黙って私の頭をよしよしするだけだ。私はポケットからスマホを取り出して時間を確認した。

あと数分で今日が終わろうとしている。

ヒトミの輪郭が、雨に濡れた街のように、ぼやけて見えた。それは、彼女が消え始めてるせいなのか。涙で目が潤んでいるせいなのか。私には分からなかった。というか、どうでも良かった。今はただヒトミに抱きしめられて、よしよしされていたかった。

「来年の誕生日は、笑って迎えるから」

彼女と一緒にゆらゆら揺れる。

「二十四歳のヒトミが現れても、ドンと構えていられるくらいに」

ヒトミは何も答えない。体が消えかけて、もう言葉を発せないのかもしれない。色味が薄れ、もう彼女が笑っているのか泣いているのかも分からなかった。

「ありがとう、ばいばい、ヒトミ」

ぎゅっと、もう一人の自分を抱きしめたが、彼女は溶けて消えてしまった。

私の誕生日が終わったのである。

涙を拭っていると、ゴトッと何かが地面に落下した。ヒトミが持っていた橋詰さんのスマホである。すんすんと鼻をすすりながら私はそれを拾い上げた。幸運なことに画面はひび割れていない。私の足元には水たまりができている。携帯が水没しなくてよかった。そう思いながら水面を覗き込む。

そこに映るのは、目つきが悪く、唇をへの字に曲げた女の顔だ。

「おめでとう、ひとみ」

目つきの悪い女は微笑んだ。ぎこちないが、悪くない笑顔だった。

あとがき

小説家になりたかった。

中学生の頃からの夢だった。正確に言えば、中学生の頃に漫画家になる夢を諦めてからの夢。もっと正確に言えば、中学生の頃に『漫画家になろう』というスターターセットを買ってみたもののGペンも使いこなせず、パースの線引きや洋服のシワを描くのがめちゃくちゃ苦痛で早々に諦めた後にできた夢だった。

次こそは諦めず夢を貫こうと心に誓って、日本大学芸術学部文芸学科に入学した……のだが、ひょんなことから今の事務所と出会い、夢は『小説家か脚本家になること』にあっさり変更された。

「私が本当に好きなのは物語を考えることで手法は何でもいいのだ」

そう思い、いただける仕事の機会は何でも挑戦した。今思えば、漫画家を諦めたうえに小説家の道からも目をそらした自分を自分で正当化したかったのかもしれない。

とにかく若い頃の私は、ドラマ・映画・アニメ・舞台・漫画原作、あらゆるジャンルで沢山の失敗と何個かの正解を繰り返した（事務所の方との出会いは、文字通り、私の人生を変えたので非常に感謝している）。

気づけば世間から見える、私の肩書きは脚本家になっていた。でも、お仕事で経歴を書く際は絶対に『脚本家・小説家』と書いている。何か資格があるわけじゃないから、こんなもの名乗ったもの勝ちなのだが、時々私の中に「たいして小説も書いてないのに名乗っていいのか？」という恥じらいに近い気持ちがむくむくと湧きあがる。それでも私が胸を張って肩書きに小説家と書き続ける理由に、本作『にじゅうよんのひとみ』の存在があるのだ。

『にじゅうよんのひとみ』の連載の話をいただいたのは二十代の後半戦がスタートした頃だった。ライトノベルの執筆は数冊させてもらっていたが、ゼロから企画をスタートできたのは、これが初めてだった。

一時間経つ毎に「もう一人の自分」が成長して大きくなる、というアイディアは大学時代から温めてきたものだった。絶対面白くできる自信があった。連載が思っていた以上に大変で自分の文章に納得がいかず、当時の担当のOさんが根気よく付き合ってくれて完成した作品だ。満を持して発売された『にじゅうよんのひとみ』だが、結果は鳴かず飛ばず。読んでくれた人からは評判が良かったので映像化できないかと企画を沢山出したが駄目だった。全てをぶつけたつもりだったので、私はそれなりに落ち込んだ。思いあがっていた自分を恥じた。

脚本の仕事が軌道にのってきたことも重なり、そこから私は小説から距離を置くことになる。それでも肩書きから小説家を外すことができなかったのは、外してしまうと『にじゅうよんのひとみ』がなかったことになるような気がしたからだ。

こんな塩梅に、段々と自分と小説の関係がこじれてきていた頃にいただいたのが『恋せぬふたり』の小説化の話だった（声をかけてくれたＮＨＫ出版のＳさんには非常に感謝している）。

数年ぶりに小説を書いて驚いたのは、小説の書き方を結構忘れていたことだった。感覚を取り戻すのと、納得がいく文章になるまでに恐ろしいほど時間が掛かってしまった。久しぶりに小説と向き合い、とても楽しかったし「やっぱり小説が好きなんだ」と再確認することもできたのだが、それ以上に、私は自分を恥じた。

なんとなく思っていたのだ。頑張って沢山脚本を書いてきたし、その経験から、なんだかんだ良い感じに熟成された文章が書けるようになるんじゃないかって。でも寿司職人とパティシエは同じ料理人でも全く別物だ。寿司が握れるからケーキが作れるでしょなんて、人は言わない。敬意ゼロの暴言だと誰でも分かる。それと同じで小説と脚本は全く別物で、当たり前だが、努力を重ねなければ熟成されるはずがないのだ。ここから努力を重ねて、自分が満足できる素敵な文章を書けるようになりたい。なるために努力を重ねなければ……そう思っていたのだが、朝ドラ執筆が始まってしまい、それに没頭して時が流れるうちに、せっかく芽生えた小説への熱い気持ちも恥ずかしさと悔しさも薄れかけていた。

そんな気持ちを再び思い出させてくれたのが小川公代さんだった。

小川さんは私とのトークイベントの際に、ありがたいことに私の著作たちに触れてくれて、そこで『にじゅうよんのひとみ』についても愛情をこめて語ってくださった。『虎に翼』や、今の私に繋がる「セルフケア」の話だ」とおっしゃってくれて、その共通点に無自覚だった私は大変驚いた。そして、そのイベントの中で「今は『にじゅうよんのひとみ』を購入することが困難なので誰か文庫化してくれないか？」と軽い気持ちで言ったところ、その日のうちに手をあげてくださったのが文庫版『にじゅうよんのひとみ』の編集の三上さんだ。

つまり私が小説に目を背けて脚本の仕事を頑張り、『虎に翼』を書かなければ小川さんとのイベントも開催されず、三上さんから文庫化のオファーもこなかった。こうして『にじゅうよんのひとみ』が、またあなたの手にとってもらえる機会もなかったのである。人生は奇妙だし、思ったことは口に出してみるものだなと、つくづく感じる。

さて文庫版の加筆修正作業にあたり、数年ぶりに『にじゅうよんのひとみ』を読み直したわけだが、私は非常に落ち込んでしまった。『にじゅうよんのひとみ』には、凄く私の好みの、今自分が満足できる素敵な文章と伝えたいテーマが詰まっていて、私が今求めているものが全部あったからだ。自画自賛に聞こえるかもしれないが、そうではない。若い頃の自分にコテンパンにやられたという話である。

やるな、二十代の私。今に見てろよ、二十代の私。これを超える素敵な文章を書いてやるからな……という気持ちが大きいので、粗削りで青臭い所はあるが、若い頃の自分の考えや表現を大切にして、倫理的に問題がある部分以外は、そのまま残した。最近、私を知った方は『二十代の吉田ってこんな感じだったんだな』と楽しんで欲しいし、色々と大目に見て欲しい。

あと物語の舞台は平成後期なので、令和の今にはなくなってしまった、あの頃の空気を少しでも味わってもらえたら嬉しい。

この文庫化は、ある意味で【二十代の私】と再会していく大変贅沢な時間にもなった。この機会をくれた三上さんに改めてお礼をお伝えしたい。『にじゅうよんのひとみ』を大切に扱ってもらえたことで、過去の私を肯定してもらえたような気がした。

これから、また胸を張って『脚本家・小説家』を名乗っていこうと思う。

二〇二五年　二月

吉田恵里香

本書は二〇一六年七月にキノブックスより刊行された単行本に
加筆・修正し、文庫化したものです。

著者紹介　吉田恵里香

1987年神奈川県生まれ。脚本家、小説家。連続テレビ小説『虎に翼』、テレビアニメ『ぼっち・ざ・ろっく!』など話題作の脚本を手掛ける。2022年、テレビドラマ『恋せぬふたり』で第40回向田邦子賞を受賞。おもな著書に〈脳漿炸裂ガール〉シリーズ(KADOKAWA)、『恋せぬふたり』(集英社)など。

ハーパーBOOKS+

にじゅうよんのひとみ

2025年3月25日発行　第1刷

著　者　吉田恵里香《よしだえりか》

発行人　鈴木幸辰

発行所　株式会社ハーパーコリンズ・ジャパン
東京都千代田区大手町1-5-1
04-2951-2000(注文)
0570-008091(読者サービス係)

印刷・製本　中央精版印刷株式会社

ISBN978-4-596-72706-0